迷子の天使の縁結び

キャロライン・アンダーソン 作

仁嶋いずる 訳

ハーレクイン・イマージュ

東京・ロンドン・トロント・パリ・ニューヨーク・アムステルダム
ハンブルク・ストックホルム・ミラノ・シドニー・マドリッド・ワルシャワ
ブダペスト・リオデジャネイロ・ルクセンブルク・フリブール・ムンバイ

WITH THIS BABY...

by Caroline Anderson

Published by Harlequin Japan, a Division of K.K. HarperCollins Japan, 2019

キャロライン・アンダーソン

イギリスの作家。看護師、秘書、教師、室内装飾業者を経て、現在は小説家に落ち着いた。「いつも何かを探し求めてきて、作品を執筆するごとに新しい世界や友人との出会いがあった」と語る。イングランド東部のサフォークに、教師である夫、数多くのペット、馬好きの娘２人に囲まれて暮らしている。

主要登場人物

クレア・フランクリン……………元インテリアデザイナー。
エイミー・フランクリン…………クレアの妹。故人。
ジェス・フランクリン……………エイミーの娘。生後四カ月。
ウィル・キャメロン………………エイミーの恋人。故人。
パトリック・キャメロン…………ウィルの双子の弟。建築家。
ジェラルド・キャメロン…………ウィルとパトリックの父。
ジーン・キャメロン………………ウィルとパトリックの母。

1

「またか!」

　パトリック・キャメロンはたたきつけるように電話を切り、椅子を思いきり押しやった。その拍子に、もう少しで犬の尻尾を轢きそうになる。あくまで楽観的な犬は散歩かと思って跳ね起きたが、パトリックは首を振った。

「悪いなドッグ、今日はだめだ」そして椅子の背からジャケットをつかみ取り、ドアに向かった。犬は希望を捨てず、飼い主に少しでもその気がないか見守っていたものの、パトリックはビスケットを投げただけだった。これまで長くかかったことはないから、今回もすぐに片付くはずだ。この前はたしかに、やってきた女性が気の毒になりかけたが。

　パトリックは頭を振ってそのときの記憶を追い払い、エレベーターに向かった。階下にいる若い女性が、自分なら認知訴訟に持ち込めると思っているとしたら、考え直したほうがいい。宝くじのほうがまだ見込みがあるというものだ。

　パトリックは、これまで親密な関係になった女性を一人残らず覚えていた。知り合ってつき合い、友達に戻った相手もいる。だから見知らぬ女性に、あなたの子よ、などと言われる筋合いはない。

　エレベーターのドアが開き、泣き叫ぶ赤ん坊を抱いた若い女性がロビーにいるのを見つけて、パトリックは心の中でため息をついた。これが最近のやり方なのか？　この前来た女性も泣く赤ん坊といっしょだったのは、ぼくに根負けさせるためか？　それとも情に訴えるためか？

　どちらにしても無駄だ。前回の女性は憑かれたような目をしていたが、うまくいかなかったし、今回も同じ結果になる。ぼくは泣く赤ん坊にほだされるような男ではない。

「ミスター・キャメロンですか？」

おや、これは目新しい。ぼくを〝いとしいパトリック〟と呼ばなかったとは。彼は女性を見つめた。やわらかそうなシルバーブロンドの髪はポニーテールにまとめられ、澄んだ目は意志を感じさせ、大きめな口に口紅は塗られていない。細身のジャケットは、胸のふくらみと細いウエストを強調していた。

「どこかで会ったかな？」会ったことなどないのは百も承知で、パトリックはきいた。そして、なぜかその質問を後悔した。ばかばかしい。彼女も金目当ての、嘘つきに決まっているのに。

女性が腕に抱いた赤ん坊を抱き直すと、わめき声はぐずり声に変わった。赤ん坊をやさしく揺らしながら、彼女が澄んだグレーの目でパトリックを見つめた。その視線は魂の奥底にある、彼に欠けたものを暴き出そうとするようだった。

「いいえ、会ったことはないわ」女性の低く豊かで魅力的な声を聞いて、パトリックは驚いた。「あなたが知っているのはわたしの妹――エイミー・フランクリンよ。数週間前にこの子を連れてきたはずだけれど」

そういうことか。「その女性には一度も会っていないと言ったはずだ」

「信じられないわ」彼女が責めるような目になった。「証拠もあるし――」

「すみません……。あれってあなたの車ですか？」

二人は振り向き、パトリックの会社で受付をしているケイトを見た。ケイトはガラスのドアの向こうを指さしている。会社の真正面では、レッカー車が古ぼけたピンクのシトロエンを吊り上げているせいで、とんでもない渋滞が発生していた。

「ひどいな」六〇年代のヒッピー文化を感じさせる車は、剥げた塗装の上にけばけばしい花が大きく描かれている。吊り上げられたせいで車の運転席のドアは開き、紙コップやスナックの包み紙が紙吹雪のように下にいる男性の上に降っていた。

「よくも、わたしの車を！」

赤ん坊をパトリックに押しつけると、若い女性がくるりと向きを変えて会社のドアに向かった。腰に両手をあててつかつかと歩いていったかと思うと、気の毒なレッカー車の運転手に文句を言いながら車を指し、両手を風車みたいに振りまわす。

「ひどいな」パトリックはまた言って、泣き叫ぶ赤ん坊を困った顔をしたケイトに渡し、財布を取り出しながら外に出た。

このちょっとした騒動で、いったいいくら払うことになるだろう？　あの車一台分よりずっと高くつくのは間違いないが、彼女は今にも運転手に一発お見舞いして逮捕されそうだ。

「すまないね、彼女はうちの駐車場に車を入れようとしたんだが、エンストして動けなくなったんだ。それで、レッカー車を呼ぼうとして中に入ってきたところで」パトリックはとっさにでまかせを言い、女性を肩で押しやって運転手の前に出た。「手間賃は弁償させてもらうから――」

がっしりした男は動じる気配もなく、鼻で笑った。「すまんが、決まりは決まりだ。邪魔になってる車は動かさなきゃいけない。そんな価値があるとも思えねえが、あとで車置き場に取りに行ってもらわないとな。十ポンドか、希少価値があって五十ポンドってとこがせいぜいの車でも、おれに言わせれば、罰金を払うのは変わらないんだからどうでもいい」

パトリックも同感だったが、ありがたいことに、シトロエンは自分の車ではなかった。

「罰金っていくらなの？」女性がパトリックの脇腹

を肘で押しのけて前に出た。運転手の告げた金額を聞いて、はっと息をのむ。「めちゃくちゃだわ！」

しかし、運転手は肩をすくめただけだった。

「パーキングメーターを使えばよかったな。そうすりゃ、こんなことにはならなかったのに」

「でも壊れていたんだもの！」彼女はパトリックのでっちあげに話を合わせた。「この人の話は聞いたでしょう？」

「だめだめ。車はもう戻せねえ。書類も書いちまったし」

パトリックはため息をつき、髪をかき上げたが、隣の女性はあきらめなかった。

「わたしに捨ててもいいお金はないの。いつも困っているんだから。どうか車を持っていくのはやめて」そして、絶妙な哀愁を漂わせて付け加えた。

「車には赤ちゃんのものが入っているから、ないと困るわ。赤ちゃんはおなかをすかせているの」

「赤ちゃん？　赤ん坊がいるのかい？」男が心配そうに車のほうを見やる。

「大丈夫、赤ちゃんはわたしといっしょだから。でも、車の中には赤ちゃんのものが全部入れてあったから、持っていかれると困るわ。ミルクを飲ませなくちゃいけないの」

運転手がため息をついた。小さな赤ん坊まで吊り上げてしまったわけではないとわかって安心したに違いなく、あきらめたように頭を振って車を下ろした。「いいかい、こんなことはほんとはしちゃいけないんだが、一分だけやるから、また吊り上げる前に必要なものを取り出してくれ」

「必要なのは車なの」

「この人の言うとおりにするんだ」レッカー車のうしろにできた渋滞を見て、パトリックは小声で言った。「車はあとで取りに行けばいい」

「お金を工面できれば、でしょう」女性がつぶやいた。「だいたい車もないのに、どうやって赤ちゃんを連れて帰ればいいの?」

パトリックの心は沈んだ。一秒ごとに財布から中身がこぼれ落ちていく。「その心配はしなくていい。いいから荷物を取ってくるんだ」

五分後、パトリックの会社の上品な大理石のロビーには、彼のポケットにある小銭ほどの価値もないと思われる、がらくたが散らばっていた。フランクリンとかいう姓の女性は違反切符を手に戸口に立ち、走り去る車を見て肩を落としていた。

そのうしろでは、まだ赤ん坊がぐずっている。パトリックは足元のがらくたを不思議そうに見た。古ぼけたトレーナー、相当着倒したセーター、ぼろぼろの毛布、数冊のペーパーバック。ブリーフケースだけは場違いなほどきれいだった。そして、古び方もさまざまなベビー用品。パトリックは困惑しているケイトと顔を見合わせ、信じられない思いで髪をかき上げてからため息をついた。

「さて、どうしようか?」その言葉は半分自分に、半分ケイトに向けられていた。

「箱を持ってきます」ケイトは落ち着きを取り戻して早口に言い、赤ん坊をパトリックに渡して、どこかに行ってしまった。

困ったような赤ん坊の泣き顔を見て、パトリックは同情がこみ上げた。どういう事情があろうと、この気の毒な子に罪はなく、この感触から察するに、おむつの交換とミルクが必要なようだ。

「わたしが抱くわ」彼から受け取った赤ん坊を、女性が慣れた様子で肩に抱き上げてあやした。「大丈夫よ。心配しないで、ジェス」

本当に大丈夫なのか? 安心させたいだけじゃないのか? パトリックは思った。

だめだ、ほだされてはならない。

レッカー車の運転手がよこした違反切符が女性の

手から床に落ちたので、パトリックはそれを拾ってポケットに押し込んだ。あとで処理しておこう。

ケイトが段ボール箱を二つ持って戻ってきて、がらくたを詰め始めた。手伝おうとしてパトリックがケイトのそばにしゃがんだとたん、赤ん坊がまた大声で泣き出した。

ケイトは手を止め、かわいそうと言わんばかりの目で赤ん坊を見やった。

「ここは片付けておきますから、ミス・フランクリンをアパートメントに連れていって、赤ちゃんの面倒を見てもらってください」パトリックはあきらめたようなため息とともにうなずき、片方の手を差し出して、女性にエレベーターを示した。

「ベビーシートと青いバッグがいるわ」彼女がそう言ったので、パトリックはその二つを拾い上げてエレベーターに向かった。

「助かるよ、ケイト。ぼくあての電話は任せると、秘書のサリーに言ってくれるか?」

ケイトがうなずいたので、パトリックは目の前の差し迫った問題のほうに視線を戻した。

「行こう。赤ん坊の世話をして、それから二人で話し合おうじゃないか」パトリックは自分に言い聞かせた。たとえどんなにスタイルがすばらしくて、生まれてこのかた聞いたこともないほど美しい声の持ち主であっても、この女性はぼくを脅迫しようとしているんだぞ……。

「さあ、赤ん坊は寝てくれた。さっそく話し合おう」混乱の度を増しつつある状況をなんとかしようと、パトリックは強い口調で切り出した。「さっきも言ったが、きみの妹のことは知らない。本人が会いに来たときもそう言ったし、どうして今日はきみを送り込んできたのかもわからない。きみの妹に会ってから、何かが変わったわけじゃないからね」

女性は美しいグレーの目に非難を込め、無言でパトリックを見つめた。「いいえ、すべてが変わったわ。あなたに会いに行った三日後に、妹は薬物の過剰摂取で亡くなったから。そのことも、子どものこともあなたの責任なの。納得してもらえたかしら？」

パトリックはショックで青ざめた。打ちひしがれ、憑かれたような目をしたあの気の毒な女性は亡くなり、代理としてこの女性が闘いに来たなら、断固としているのも当然だ。ただ、彼女が何を主張しようと、パトリックの目から見れば状況は何も変わらなかった。

赤ん坊はぼくの子ではなく、あの子の気の毒な母親が悲劇的な死を遂げたのは残念ではあっても、ぼくの言動とはなんの関係もない。

「妹さんのことは気の毒だった」声はやわらかかったが、パトリックの強い意志は揺らがなかった。

「ぼくも力になれるものならなりたい。しかし、本当になんの関わりもないんだ」

「いくら否定してもだめよ。写真があるんだから」

パトリックの心は沈んだ。「写真？」車の一件で邪魔が入る前、彼女は証拠がどうとか言っていたが、よく覚えていない。やれやれ……。

「ええ、写真よ。親密な写真。こう言えば、意味はわかるでしょう？」

意味ならわかりすぎるほどよくわかった。きっとまた偽物だとはいえ、パトリックはひそかに顔をしかめた。「最近はデジカメと加工技術があれば、誰にだってそういうものをでっちあげられる」

言い返されても、女性は言葉を続けた。

「あなたのアパートメントで撮られた写真なのに？そこのソファの上、窓の前で。わたしがおむつを替えた寝室や、ルーフガーデンの写真を、妹はいったいどこで手に入れたというの？　あなたの会社の社員からかしら？　ねえ、ミスター・キャメロン、逃げようとしたってだめよ。DNA鑑定をすれば、全部わかるんだから。拒否するなら、あなたを法廷に突き出すだけだわ。言っておきますけれど、わたしは絶対に勝つつもりよ」

パトリックは一瞬たりともその言葉を疑わなかった。「それなら、赤ん坊にDNA鑑定を受けさせてくれ。ぼくは以前にも、言いがかりをつけられて鑑定したことがあるんだ。ほかの件についても、今回の件についても、遺伝子が一致しないことは保証する。こんなことを言ってきたのはきみの妹が最初じゃないし、残念ながら最後でもないだろう。DNAの鑑定結果を探して、きみに送るよ」

「じゃあ、そうして。一週間あげるわ。わたしは一週間後に行動を起こす。手始めとして、写真をマスコミに送るわ」見た感じでは生活のすべてが詰まっている青いバッグの中から、女性は少し折り目のついた名刺を取り出して、パトリックに突きつけた。「はい、どうぞ。来週の月曜の朝までに連絡がなかった場合は、わたしの弁護士とマスコミから連絡がいきますから。おそらく同時にね。じゃあ、タクシーを呼んでもらおうかしら。わたしの私物は二、三日じゅうに取りに来るようにするわ」

出ていけと言おうとした瞬間、寝ている赤ん坊の顔が目に入り、パトリックのいらだちは消えた。

かわいそうに。この子がこんな目にあういわれはない。わざわざここまで連れてこられて……。彼は名刺に視線を落とした。

サフォーク、ローワー・バレー農場、ミズ・クレア・フランクリン。いい住所だが、彼女は農場を経営しているようには見えない。そこの働き手だろうか？　下宿人？　養育係（ナニー）？　あの車と、金に余裕はないという言葉からして、高給がもらえる仕事ではないのだろう。

クレアか。パトリックはその名前を舌で味わうようにつぶやいた。おもしろい。平凡な名前なのに、音楽みたいな響きを感じる。

「タクシーを呼ぶ？　電車賃もなさそうだが」

クレアの目に浮かぶ自信が一瞬揺らいで、元に戻った。「なんとかするわ」

ため息をつき、パトリックは財布を開いて紙幣を何枚か取り出した。「ほら、これだけあれば、家までハイヤーを頼んでも帰れる」

現金を見たクレアが、意味ありげに眉を上げた。

「ずいぶん良心の呵責（かしゃく）を感じているのね、ミスター・キャメロン」

パトリックは怒りを爆発させまいとした。「それどころか呵責などゼロで、これから増やす気もない。それで、金を受け取るのか受け取らないのかどっちだ？　いつまでも意地を張っていると、赤ん坊は地下鉄と電車という道のりを我慢するはめになるぞ」

つかの間クレアはためらっていたが、そっけなくうなずいて紙幣を取り、青いバッグにしまった。

「あとで返すわ」その口調の何かが、無理をしてでもきっと返済すると思わせた。

マントのように威厳をまとうと、彼女は赤ん坊を寝かせたベビーシートを持ち上げ、青いバッグを肩にかけて、立ったままじっと待った。

「タクシーを呼ぶよ」クレアに感心するのがいやで、パトリックはそっけなく言った。そして、電話でケイトにタクシーを呼ぶよう頼んだ。「いや、やっぱりやめよう。ジョージが空いているなら、ジョージを呼んでくれ」

電話を切った彼は、訪問者と眠っている赤ん坊をエレベーターまで連れていった。

「ハイヤーを呼んだよ。運転手がきみの荷物を運んでくれるから、ぼくの会社まで取りに来る必要はない」そして手を差し出した。「ミス・フランクリン、ここでお別れだ」

愛想がいいとも言える物腰で、クレアがその手を取った。てのひらは冷たく、握手は力強かった。

「さよなら」クレアはそう言ったが、続きがあるように思えた。パトリックの直感はあたった。彼女は赤ん坊をエレベーターに運ぶと、振り向いてまた好戦的な目でじっとパトリックを見つめた。「わたしは本気よ」ドアが閉まる直前に告げる。「一週間後、あなたには地獄が待っているから」

クレアの本気を、パトリックは疑わなかった。エレベーターのドアが完全に閉まるまで、彼はクレアの澄んだグレーの目を見つめていたが、やがて背を向けて肩をすくめた。せいぜいがんばればいい。どんなにかわいくても、いんちきな証拠写真があっても、ぼくの子どもという可能性はゼロだ。

もちろん、まだ生きていたらウィルを責めただろう。双子の兄のせいで困った目にあうのは今回が初めてではないし、赤ん坊の件もいかにもウィルがしでかしそうなことだ。パトリックは皮肉と愛情のこもった気持ちで考えた。

兄は自分より裕福で成功している双子の弟のふりをして、権利もないのに勝手にぼくになりすましていたのだろうか？　パトリックだと名乗って、この部屋に女性を迎え入れたのか？

もうそんないたずらをする年齢ではなかったはずだ。二人はあとのことなど考えずによく入れ替わっては教師や、成長してからはガールフレンドを怒らせてきたが、それは大人になる前の話だ。

いや、大人になったのはぼくだけだった。ウィルはいつもあとのことなどおかまいなしだった。犬を飼ったときもそうだ。かわいそうだと言ってみすぼらしい黒い子犬を引き取ってきたくせに、世話をするのが面倒になると責任を放り出した。

パトリックがいなかったら、ドッグはよその家にやられていただろう。しかし、都会の真ん中で鋭い知性と疲れを知らない体を鍛える時間を探していた飼い主と出会って、ちゃんと世話をしてもらえることになった。

ただし、ちゃんとした名前まではつけなかったが。

パトリックが呼んだエレベーターのドアが開いたとき、その床には小さなピンクのうさぎが落ちていた。あの赤ん坊のだ。小さなベビーシートから落ちたに違いない。まったく。我慢強い秘書のサリーに送ってもらわなければ――いや、頼むのはケイトにしよう。子どもには弱いみたいだし、サリーに頼んだら質問攻めにされる。

ピンクのうさぎを持ってパトリックがオフィスに入り、デスクの引き出しにぬいぐるみを放り込んだとき、サリーが入ってきた。「大丈夫ですか?」

秘書は好奇心を声に出さないようにしているが、うまくいってはいなかった。ドッグのほうは飼い主を無条件で歓迎した。飼い犬からは、訪問者について気まずい質問を受けることはなさそうだ。

「平気だ」パトリックは嘘をついた。「ドッグを連れて、公園まで散歩に行ってくる」サリーが口を開こうとしたので彼はあわてて言い、リードを手に取った。「電話は取り次がないでくれ」

「まだだめなんですか?」

パトリックはサリーの質問が聞こえないふりをした。がらくたが片付けられたロビーに下りると、ドッグが彼の足元でうれしそうに飛び跳ねる。かかってきた電話に出ていたケイトが必死に手を振っていたが、彼は無視した。

どうしても公園へ行きたかった。そこの静けさの中で考える時間が欲しかった。頭の奥で厄介な思いが大きくなっていく。

まだ四月になったばかりだから、ウィルが亡くなって一年が過ぎたくらいか。あの赤ん坊が生後四カ月より大きければ、ウィルの子かもしれない。

そして……ぼくたちは一卵性双生児だったから、DNAは一致するはずだ。


「料金はいりません」ハイヤーの運転手が言った。「ミスター・キャメロンの支払いなので」

「えっ?」クレアはわけがわからず、まばたきをした。「本当に?」

「ええ、本当です。ケイトが電話でそう言ってましたから。どちらにしても全部支払ってもらえるんで、同じですよ」

「でもあの人は、わたしにお金をくれたわ」

ジョージの笑い声は親切に聞こえなくもなかった。「そりゃ、ぼくが本物の悪人ならその金もむしりとるだろうけど、そうじゃない。だから、ただ〝ありがとう〟と言って感謝すりゃいいんですよ。あの人にはそれだけの余裕がある」

クレアは口を開いて閉じ、また開いた。「どうもありがとう」

ジョージは目を輝かせながらクレアの私物をコテージに運び、赤ん坊に手を振ると、困惑している彼女を置いて行ってしまった。

現金が熱く燃え出して、青いバッグに穴をあけそうな気がする。もちろん、パトリック・キャメロンにはあとで返して、ハイヤーの代金も払うつもりだ。お金が入ってきて、車を引き取る余裕ができたら。

問題はそこだ。ぐずる赤ん坊にミルクを飲ませ、お風呂に入れて寝かせる用意をする間、クレアは考えた。いったいどうやって稼げばいいんだろう? 電話代が払えないせいで電話はないから、仕事をもらうこともできない。少なくとも、自由契約の依頼は受けられない。

皮肉なのはパトリック・キャメロンが建築家で、彼の会社には、それほど重要ではない案件で単純作業をこなす製図スタッフの空きがあるに違いないということだ。そうするしかないのかもしれない。赤ん坊と自分の生活を支え、自立するために、仕事が欲しいと頼んでみるべきなのかもしれない。

自立が聞いてあきれる。クレアは鼻で笑った。そんなことを頼んだら、彼に依存することになる。そうなるのはいやだ。あの人が赤ん坊に興味を持つのは困る。ただ、そんな心配はないようだった。今日の彼はなんの関心も示していなかった。

そうよ、パトリック・キャメロンに求めたいのは、子どもを預けて一日数時間仕事に集中し、この経済的な苦境から脱するための費用だ。そして、納屋をアトリエ兼宿泊施設に改装するために、銀行から借りたローンの返済にあてるお金を稼ぐ。宿泊できる絵画教室を開くのが、わたしの夢だから。

計画は整っていた。わたしの住まいは階上で、階下には宿泊客に出す料理を作る大きなキッチンがあり、その反対側には広いアトリエを造って、コテージは客室にする。そうすればお金が入ってきて、わたしは創作に専念でき、子どもの面倒も見られる。

そう、計画は完璧だった……。問題は資金繰りだけで。パトリック・キャメロンはとんでもないお金持ちだから、自分の子どもに未来を与えるくらい、事情を考えればなんでもないはずだ。

あと一週間もすれば、彼とはまた会うことになる。クレアには確信があった。ああいう立場にある人なら、タブロイド紙にあれこれ書かれるのは困るだろうから、ある程度は協力してくれるに違いない。あの写真を見ればエイミーを知らなかったとは言えなくなって、ちゃんと対処してくれるはずだ。

まずはＤＮＡ鑑定だ。そうすれば、すべてがはっきりする。

パトリック・キャメロンがどんな態度に出るかが楽しみだ。彼は本当の紳士なのに、エイミーとの関係をかたくなに否定するところは矛盾している。どちらが本当のパトリック・キャメロンなのだろう？クレアは好奇心を刺激された。そして、また会いたいと思っている自分に気づいて驚いた。

個人的な意味で興味を持っているわけじゃない。当然だ。彼はエイミーの恋人だったのだから、絶対にわたしの恋愛の対象にはならない。短いのに少し乱れた黒っぽい髪も、やさしいと同時に神秘的で鋭いグレーがかったグリーンの目も、魅力的だなんて思わない。ただ医学的に、ジェスの父親だという理由で興味があるだけだ。

それにあの体……。別に、しげしげと見たわけじゃない。写真を細かく調べるために、しかたなく見ただけだ。

嘘つき。

自分をごまかすために、クレアは本音を無視した。そのほうが楽だからだ。彼女を何百回でも買い取れるくらい裕福な男性、その仕事を尊敬し感心している男性に興味を持っていると認めても、どうにもならない相手だと思い知るのがおちだ。一度だけ自分に正直になるなら、ここ数年――いいえ、正確にいえば生まれて二十六年間、一度も見たことがないほど魅力的な男性を、彼女は気にしていた。

クレアは無名の存在だった。グラフィックアーティストとしては道なかばで、インテリアデザイナーとしてのキャリアも中断し、今は製図板を用いる自由契約の仕事でなんとか生活している。製図のスキルを必要とする人のために労働力を提供するだけで、夢を追いかけられる希望も、未来も、年金がもらえるあてもなかった。

クレアは小さく笑った。年金がもらえるあて？わたしはまだ二十六歳だ。しかし、赤ん坊という責任を負うようになってからは、年金も大事な問題に思えていた。

おばのメグからの予想外の遺産がなければ、わたしとジェスはホームレスになっていたところだ。

「メグおばさん、わたし、どうしたらいいの？」クレアはため息をつき、ほんの五十メートルほど先にある納屋の黒い影を窓から眺めた。売ることもできるが、それは夢の挫折を意味する。

大丈夫、パトリック・キャメロンが姿を変えた守護天使になってくれるはずだ。わたしはそうなるよう祈って待てばいい。

パトリックは、一年前に実父確定検査をおこなったDNA検査機関からの手紙を見た。もともとは必要のない検査だった。なぜなら相手の女性は結局、金目当てだったと認めたからだ。

とはいえ検査がおこなわれたのはたしかで、検査機関はパトリックの全細胞が本人だけのものであると示すバーコードデータの記録を保管していた。

パトリックはため息をついた。去年まではそうも言いきれなかったが、ウィルが亡くなった今は事情が変わっていた。

〝おれはおまえのクローンだ〟とウィルはよく冗談で言ったが、去年の言葉は本気だった。亡くなる直前、兄は静かに、そして威厳を感じさせる口調で、〝もう弟の陰に隠れて生きるのはやめて前に進む〟と宣言したのだ。

〝おれがおまえのクローンだとしても、ペトリ皿にいたときに、えも言われぬ魅力って大事な養分は入れ忘れられたみたいだ。でもおまえが隣にいなきゃ、そんなことは誰にもわからない。さすがのおまえだって、オーストラリアまで影響力があるわけじゃないしな〟

その笑顔はいたずらっぽいと同時に悲しげで、パトリックは兄を強く抱き締めた。

〝ばかなことを言うなよ〟パトリックは喉を詰まら

せたが、ウィルは本気だった。兄は新しい人生を始めると言ってオーストラリアに行き、二週間後にサーフィン中のばかげた事故で溺死してしまった。

その兄に、どうやら子どもがいたらしい。

パトリックは深いため息をつき、バーコードデータを封筒に戻してジャケットのポケットに入れた。けばけばしい花を描いたシトロエンは地下の駐車場に停めてあるから、行動を起こすとしよう。

ドッグにリードをつけ、助手席のシートベルトにつなぎながら、彼はこの車が目的地までもつかどうか不安になった。高速道路に乗ると、やっぱり無理に思えた。整備されているのに車はのろのろとしか走らず、おそろしくうるさくて乗り心地が悪い。大型トラックのそばにいる間は、生きた心地がしなかった。あのレッカー車の運転手は、すばらしい判断力の持ち主だったようだ。

クレアの罰金を払ったのは、思いやりから出た行動だった。しかしわざわざ整備に出し、洗車し、返しに行くのはとんでもない金の無駄に思えた。スクラップにする代物にしか見えなかったからだ。

だが車が持っていかれるのを見て悲しんでいたから、クレアは感謝してくれるかもしれない。ただ、なぜそうされたいのかは謎だった。彼女が車と呼ぶ、このピンクのアルミの塊を命がけで運転してまでありがたがられたいのかときかれたら、答えはよくわからなかった。

いや、アルミならまだいい。錆びないからだ。このおんぼろ車は年代物かもしれないが、間違いなく造られてから三十年はたっているうえ、メーカー保証はとっくに過ぎている。ぼく自身より年をくっているなら、クレア・フランクリンよりずっと年上だ。

クレア。

パトリックはその名前を、舌の上で転がすようにつぶやいた。そして彼女の目や唇、セクシーな体、出会った日の終わりにドッグと戻ったとき、家にまだかすかに残っていた繊細な香りを思い出した。

あれはたった二日前だったのか？　一生分の時間が過ぎたような気がするが。

パトリックのポケットは、ピンクのうさぎでふくらんでいた。赤ん坊はぬいぐるみがなくて困っているだろうか？　クレアはジェスと呼んでいたが、なんの愛称だ？　ジェシカか？　ジェサミー？　ジェサミンとか？

赤ん坊と再会するのを楽しみにしている自分に気づいて、パトリックは驚いた。臭くて手間がかかるから、赤ん坊はきらいだ。だが、あの子はウィルの子かもしれない。だとしたら、兄の最後のプレゼントになる。その理由だけでも、あの子には会いたい。

あの赤ん坊に魅力的な若いおばがいることなど、関係あるわけがない！

2

車が自宅の私道に停まるかなり前から、クレアは音でその存在に気づいていた。

もしトラブルが起こっていなければ、車の音など聞こえなかっただろう。しかし、納屋の裏の牧草地で草刈りをしていたら何かにぶつかってしまい、芝刈り機の刃が壊れてしまったのだ。

静かで動かないもの——これも人生でうまくいかない事柄の一つだ。

芝刈り機の下をのぞき込んで壊れたところをたしかめていたせいで、クレアは暑くて機嫌も悪かった。仰向けになり、上を見る。その視線がきちんとしたスラックスに包まれた長い脚から、本人の目と同じ美しいグレーがかったグリーンのシルクのシャツをたどり、こんなに早く再会するとは思わなかった顔に行き着いた。

最高だ。わたしはすごくいいかげんな格好をしているのに。「ミスター・キャメロン」

「ミズ・フランクリン」

クレアは差し出された手をつかんであわてて立ち上がり、ヒップに付いた草をさっと払った。

私道には、悪夢のようにエイミーの車が戻ってきていた。パトリック・キャメロンにとっても悪夢だったことは、顔を見ればわかった。ここまでの道のりを楽しんだようには、とても見えない。

「赤ん坊は？」彼が挨拶もなくいきなりたずね、クレアは怒りでうなじの毛が逆立ちそうになった。役立たずの犬は自分の仕事もせず、家の中でジェスといっしょに寝ていた。

「眠っているわ。どうして？」

パトリックは肩をすくめたが、きっぱりした口調にさりげないところはなかった。「ただ不思議に思ったんだ。きみがここにいるということは、誰が赤ん坊の面倒を見ているんだろうと」

「わたしよ」うなじから声へと、いらだちが広がった。「ほったらかしにしているわけじゃないわ。何か問題でも？」

「きみは赤ん坊のすぐそばにいると思っただけだ。声が届く範囲にね」

「すぐそばにいるじゃない？　家までは三十メートルほどで、中には犬がいっしょにいるわ」

さっきまでは、と言ったほうが正しかった。今になって訪問者に気づいたペッパーは、わんわん吠(ほ)えながら裏口から飛び出してきた。

「いいのよ、ペッパー」クレアがそう言うと、ペッパーはふいに止まって頭を上げ、車に突進してから跳び上がってドアを引っかいた。

「ああ、ドッグだ」パトリックがそう言ったので、クレアは眉を上げた。

「ドッグ?」

パトリックはユーモアのない笑顔をちらりと見せた。「ぼくの犬だ。車の中にいる。正確には兄の犬だが。そういう名前しか思いつかなくてね。あいつを車から出しても、ペッパーは大丈夫か?」

「大丈夫。ほかの犬が大好きだから。警戒心がないの。そっちこそ大丈夫? 獣医から請求が来るのは困るわ」それでなくても、わたしの請求書のリストは長いのだ。

「平気だ。公園でしょっちゅうほかの犬に会っているから」パトリックは車に行って、ドッグという名の犬を外に出した。ドッグとペッパーはおそるおそる尻尾を振りながら、においを嗅ぎ合った。

ペッパーの金色の長い毛足と小さな耳に慣れていたせいで、クレアはドッグを見て驚いた。胸に白い斑点がある黒い犬はペッパーより小さく、ジャーマンシェパード並みの見たこともない大きな耳をしていた。体を見てもテリアなのか、コリーなのかわからない。ラブラドールレトリーバーなのか。

けれど、ペッパーは気にしていないようだ。仲間ができたのがうれしくて、相手の血統など気にならないらしい。

「人間よりずっと率直だな」相手の尻を嗅ぎながらぐるぐる回る二匹を見て、ドッグの飼い主が言った。皮肉っぽいユーモアが意外で、クレアは笑った。

「わたしは人間でかまわないわ」

パトリックの顔にけだるげなほほえみが浮かび、目尻にしわが寄った。その様子を見て、クレアの胸はきゅんとした。まるで彼の隠れていたセクシーな魅力が、胸を直撃したかのようだ。信じられない。

エイミーが恋してしまったのも当然だ。

エイミー。そうだった、彼はエイミーの恋人だ。

相手の魅力に気を取られてしまう前に、クレアは自分にそう言い聞かせた。

両手をこすり合わせ、パトリックを見つめる。

「あの……車を持ってきてくれたのね。どうもありがとう。いくら払えばいいかしら?」

「払う?」彼が意外そうにきき返した。「金は必要ない。交通手段がなければ、ここには来られないからね」

「あのぽんこつを車置き場から引き取って、ここまで運転してくるのが、あなたが好きで選んだ交通手段? そんなはずはないでしょう」

パトリックは低く笑った。「そうだな。あれを運転して帰らなくていいのが、うれしいのはたしかだ。ここまでたどり着けただけで驚きだよ」

クレアにとっても驚きだったが、そんなことを言うつもりはなかった。今度乗って出かけたら、あの車は必ず故障するはずだ。芝刈り機やほかのものと同じように。

「壊れたのか?」パトリックは芝刈り機を頭で示した。クレアは天を仰ぎ、ため息をついた。

「知りたくないと思うけれど、何かにぶつかって刃の部分が取れたの。どうなっているのかさっぱりわからないわ。ジョンに頼んで見てもらわなくちゃ」

「ジョン?」

「どんな機械でも直してくれる専門家よ。ジョンがうちの機械を動かしてくれているの」わたしがお金を払えるときは、とクレアは心の中で付け足した。

「そういえば月曜にここまで送ってもらったとき、ジョージが受け取ってくれなかったお金も払うし、あなたがくれたお金も返すわね」

パトリックが肩をすくめた。「それなら現物で支払ってもらおうか。エンジンがまたかかるとは思えなかったから、一度もあの車を停めなかったんだ。朝から長かったよ。というわけで、コーヒー一杯で相殺にしよう」

「ずいぶん高いコーヒーね。ただ残念なことに、うちにコーヒーはないの。あるのは紅茶だけで、ミルクもない。だからお金で払わせて――」

「紅茶でいい」パトリックはクレアをさえぎって言った。「どうだろう？」

彼は案内してほしいと言うかわりに、片方の手を前に出した。クレアはしかたなく肩をすくめ、あいかわらず雑然とした靴の収納室から家の中に入り、キッチンに向かった。キッチンでは、ジェスがちょうどもぞもぞ動き出したところだった。「座って」クレアは唯一のまともな椅子から猫を追い払った。パトリックはそこに腰を下ろし、愉快そうにあたりを見まわした。

「いいキッチンだ」

クレアは噴き出しそうになった。古いキッチンなので戸棚は欠けたり傷が付いたりしており、洗剤を入れた熱湯で洗って塗り直す必要があるのに。

「あなたは建築家だと思ったけれど」クレアが皮肉まじりに言うと、パトリックが深くセクシーな声で笑った。

「そうだ。ハイテクガラスや、ステンレススチールでキッチンを造ってきた。手術室とか宇宙船の管制室とかみたいなデザインで、指紋が付くのが怖くてうっかり触れない感じのを。だが、ここなら汚れた犬がいても平気で、くつろげる。祖母の家を訪ねていた、子どものころを思い出すよ。家庭らしくて、心が安まる場所だ」

クレアはパトリックの目であたりを見まわした。使う余裕がない、アーガという古くて黒いオーブン、マホガニーの水切り台が付いた深いシンク、彩色された戸棚。誰もがほしがるものかもしれないが、普通なら古く見える新品を選ぶだろう。でもこれらは本物のアンティークだ。クレアは笑いそうになった。

飾り棚に置いてある青と白のコーニッシュウェアの食器には、高い価値があった。ケトルの上のフックにかかっている明るい色のマグは、キッチンに鮮やかな色合いを付け加えている。キッチンの窓から見える生け垣の隙間からは、牧草地の向こうにある谷と遠くの教会が見えた。

たしかに魅力的なこの場所が、クレアは大好きだった。おかげで助かってもいた。改修することができないからだ。エイミーが亡くなって仕事を辞めなければいけなくなるまで、クレアはせっせとこの家を直していた。今はキッチンよりも優先しなければいけないことが山ほどあり、今日そのリストのトップに芝刈り機が来た。四月は物が壊れるのにいい季節とはとても言えなかった。

「紅茶の濃さはどうする？」マグにティーバッグを入れてお湯を注ぎながら、クレアはたずねた。

「濃くなくていい。レモンはあるかな？　いや、やっぱり気にしないでくれ」

クレアは鼻で笑った。「どちらにしてもないわ。ごめんなさい。せっかく投資したのに、回収できないわね」

「そのために来たんじゃない」

パトリックがここに現れたのは、ほかに選択肢がなかったからだった。笑顔の社交辞令はおしまいだ。闘いはいつ始まってもおかしくない。

クレアは彼のマグからティーバッグを取り出して自分のマグに入れ、これで何度目になるかわからないが、ミルクがあればいいのにと思った。ジェスのミルクを試してみても同じではなく、そのミルク自体もそろそろなくなってしまう。

クレアは二つのマグを持ってパトリックのほうを向いた。「じゃあ、何から始めましょうか」彼女は本題に入った。

「きみが言っていた写真を見せてもらいたい」

「わかったわ」

クレアはマグをパトリックの前に置き、背を向けた。あの写真を見るのはいやだ。さいわい露骨ではなかったが、エロティックではあった。それもかなりエロティックなうえ、写っている人物の感情もあらわなので、当事者以外は見るべきではない気がする。妹は写真を墓場まで持っていくべきだった。

とはいえ、彼はそこに写っているのだから、見たって問題はないはずだ。否定できない魅力を持つこの男性と妹が写る写真を眺めても、わたしは苦しくなるだけだ。それなら、二度とそうする必要はない。

書斎に行ったクレアは、下の引き出しから写真の封筒を取り出してパトリックに渡した。

「どうぞ」

パトリックは封筒を受け取り、不思議な顔で中の写真を取り出した。クレアはマグを持ったまま、彼がゆっくりと何度も写真を見返すのを眺めていた。

やがてパトリックは何も言わずに写真を封筒に戻し、どこか悲しげな顔をクレアに向けた。

「きみも座ってくれ」彼はどうしてあんな表情を浮かべているのだろうと思いながら、クレアは座った。エイミーを愛していたのだろうか？

そういうわけではなかった。クレアがいくら考えても、次の言葉は予想できなかっただろう。

「この写真に写っている男はぼくじゃない。双子の兄だ」

クレアはまじまじとパトリックを見て笑った。

「何を言い出すかと思ったら。いい言い訳ね。でも、エイミーは相手をパトリックと呼んでいたの。写真の男性の名前も、パトリックだと言うつもり？」

目の前にいるパトリックは首を振った。「彼の名前はウィルで、ときどきぼくになりすましていた。子どものころ、二人でよくそういういたずらをしたんだ。まだその癖が抜けきらなかったらしいな。兄は一年前にオーストラリアで亡くなった」

「亡くなった？」クレアの希望は音をたてて崩れた。この人は、兄の子どものためにお金を出してはくれないだろう。だったら、この家を売って引っ越すしかない。少なくとも納屋は売らなければ。エイミーの借金を返済したら、ほとんど手元には残らないだろうけれど。

「これは……いつ撮られた写真だ？」

「封筒の裏に書いてあるわ」クレアの声はぎこちなかった。「三月だったはずよ」

パトリックは封筒を裏返してうなずいた。「それならつじつまが合う。たぶん、そうだろうと思っていた。当時ぼくは仕事で日本に行っていて、ウィルは一週間ぼくのアパートメントを使っていた。そして、どうやらぼくになりすましたらしい。そのときあったことに違いない。赤ん坊が生まれたのは？」

「クリスマスの二週間前だったわ」

パトリックはうなずき、少し首をめぐらせてジェスを見やった。「兄には似ていないな」

「あの子はエイミーにそっくりなの」

パトリックはまたうなずき、静かにため息をついた。「もっと兄に似ていてほしかった。忘れ形見としてね。そのほうがよかったよ」

「鏡を見ればいいでしょう」クレアがそう言うと、パトリックの顔に悲しげなほほえみが浮かんだ。

「それでは同じじゃない」彼は立ち上がった。「きみに渡すものがある。ジャケットを取ってくるよ」そして車に戻った。

クレアはあとを追い、戸口にもたれて歩いていくパトリックを見守った。二匹の犬は、ペッパーの犬用ガムを引っ張り合って遊んでいた。彼が足を止めて犬を撫でる。

二匹は尻尾を振ったが、怒っているみたいにうなって遊び続けた。撫で終えて体を起こすと、パトリックはクレアの車のドアを開けてジャケットを取り出した。

それから車のドアを閉めたが、クレアの予想どおり、ドアは反動でまた開いた。

「壊れているの」クレアは近づいて取っ手を引っ張り、ドアをばたんと閉めた。「こつがあるのよ」

パトリックがめったに口にしないような言葉をつぶやいたので、クレアは笑い声を押し殺した。気の毒に。貧しい生活は経験しないとわからない。きっと勉強になるはずだ。わたしがどんな目にあっているかも、よくわかるに違いない。いい流れに持っていきたいなら、この人の同情心はできるだけあおっておいたほうがいい。

二人は刃の部分が壊れた芝刈り機と、蝶番が錆びて半分開いたままの納屋の扉のそばを通って家に戻った。

ほかに壊れそうなものはあるだろうかと思ったものの、クレアは考えないことにした。考えることはほかにもたくさんある——パトリックがジェスの父親ではないらしいこととか。ただ、二人が一卵性の双子なら遺伝子は同じだから、父親でないと証明するのは難しい。写真に写っていたのが本当に双子の兄だとしたら、うり二つというくらい似ている。

だからこそ、ジェスが自分の子ではなく兄の子だと言い張ることも簡単だ。ウィルとエイミーは二人とも言い返せず、そうなるとパトリックはなんの責任も負わずにすむ。なんて都合のいい話だろう。

それでも、彼は不誠実には見えなかった。

クレアは心の中で笑った。わたしに人を見る目があるとはとても言えない。昔からエイミーの尻ぬぐいばかりさせられ、あげくのはてにはジェスまで押しつけられた。常識のある姉なら、ちゃんと育てられると思っていたのだろう。

パトリックも口のうまい嘘つきかもしれない。しかし、クレアには判断がつかなかった。パトリックを疑いたとんでもなく厄介な状況だ。クレアの心の奥には小さな疑いが芽生えた。くはなくても、クレアの心の平和をかき乱していた。

もっとも最近、彼女の心はあまり平和ではなかったが。

「これを」キッチンに戻る途中で、パトリックはジャケットのポケットから封筒を取り出し、クレアに渡した。彼女は封筒を不安げに見やった。

写真を公開したら訴えるという、弁護士からの脅しの手紙だろうか？　それとも小切手？　いいえ、だとしたらラッキーすぎる。

「ＤＮＡ検査機関からのデータだ」そう聞いてクレアの疑問は解けたが、最後の小さな希望は消えた。

「ぼくのデータが残してあったんだ。中にマニュアルが入ってる。この子を病院に連れていって口の粘膜を採取してもらい、メモと中に入っている小切手を同封して送れば、鑑定してもらえる。この子がウィルの娘なら一致するはずだ。その写真に写っているのが、ウィルなのは間違いない」

「どうして言いきれるの？」

パトリックは眉を寄せた。「どうして言いきれるかだって？　ぼくたちが一卵性の双子だからだ」

「そのとおりね。でも、あなたじゃないとは言いきれない」

あっけに取られたように、パトリックはじっとクレアを見つめた。「ぼくじゃない。海外に行っていたと言っただろう？」

「あなたの言葉以外に、証拠はないわ」

「いつもは言葉だけで信じてもらえるんだがね」パトリックは皮肉っぽく言った。クレアが信じやすいタイプなら、傷ついているように聞こえたかもしれない。パトリックは続けた。「どっちにしろ簡単だ。パスポートのスタンプと日本で出席した会議の議事録もあるが、ぼくは盲腸を取っていない。ウィルと違ってね。写真には傷が写っている」

クレアが何か言う間も、反論する間も、疑いを口にする間もなく、パトリックはスラックスからシャツを引っ張り出し、ウエストバンドを親指で押し下げて、しわ一つない平らな腹筋をあらわにした。

「ほらね。ぼくに傷はない」

クレアは肩を落とした。パトリックが本当のことを言っているのはわかった。この人のは外科医のメスが入ったことがない肌だ。危険なほど低く下ろされたウエストバンドから目を引き離し、クレアは彼を見つめた。

「わかったわ。写真に写っているのはあなたじゃないのね」

「そうだ。だが同じことだよ」パトリックは静かに言った。「この子がウィルの子なら、自分の子と同じくらい近い存在だから、実子と同じ義務を感じる。考えたこともなかったが、血は水よりも濃いというし、ウィルの子ならウィルがいない場合はぼくの子でもある。必要なことはなんでもするつもりだ」

長々と語って思った以上のことを明かしてしまったのか、パトリックはふいに言葉を切り、唇を引き結んで目をそらした。その視線は、目を覚ましてうれしそうに手足をばたばたさせているジェスに向けられた。

「わたしに説明しなくてもいいのよ。どうしてわたしが福祉課に養子縁組を頼まず、自分でジェスの面倒を見ていると思う？」

パトリックはゆっくりとうなずいた。「きみならわかってくれると思ったよ。ぼくたちは同じ立場にいるというわけだ」

彼のジャケットは椅子の背にかかっていた。しわになったグレーがかったグリーンの麻の上には、ピンクの耳が一つ突き出している。

クレアはそちらに顔を向けてほほえみ、あえて明るい声で言った。「ミスター・キャメロン、あのポケットに入っているのはうさぎかしら？」

パトリックは軽い笑い声をあげて、うさぎを引っ張り出した。

「これのことを忘れていたよ。エレベーターに落ちていたんだ。なくなったのに気づいているかな？　執着するほど大きくないか？　子どもによってもいろいろだ」

「生後四カ月では、まだわからないでしょうね。でも好きなのはたしかよ。ありがとう」

パトリックがうさぎをクレアに渡すと、二人の指が触れ合い、彼女の腕に衝撃が走った。クレアはすぐに手を引っ込め、ばかみたいだと思って、うさぎをジェスに渡した。赤ん坊がうさぎをつかみ、耳を口に入れる。

「やっぱり好きなのね」クレアはにっこりすると、ジェスを抱き上げた。「さあ、紹介するわ。ジェス、こちらはパトリックおじさんよ。ご挨拶して」

そして、ジェスをパトリックの膝の上に置いた。

数秒間、彼は驚きで口もきけず、動きもぎこちなかった。

「壊れないから大丈夫」しばらくしてパトリックがかわいそうになったので、クレアは言った。彼は追いつめられたような笑顔を見せた。

「頭を支えたほうがいいのかな？　覚えているのはそれだけだ」

「いいえ、この子はもう平気よ。支えてやれば立てるし、膝の上でジャンプもできるわ。でも、ずっとそればっかりするのはやめてね」

「ずっと、とはどれくらいだ？」パトリックがおろおろした顔できいたので、クレアは笑った。

「心配しないで、ガラス製じゃないから。ただの赤ちゃんよ。頭から落としたりしなければ大丈夫。結構丈夫なのよ」

　少し一人になって考える時間がほしいと思い、クレアはドアに向かった。そんな彼女を、パトリックの目がレーザー光線のように追った。「どこに行くんだ？」その声は不安から少し大きかった。

「トイレよ。まずいかしら？」

　パトリックは見るからにほっとしていた。「いや……そんなことはない。かまわないよ。ぼくはてっきり――」

「外に行くと思った？　大丈夫、一度に一歩ずつ進みましょう」クレアは笑顔で言い、彼を姪と二人きりにした。

「ジェス、きみはウィルの子どもってわけだ」パトリックは赤ん坊の真剣な茶色の目をのぞき込んだ。「さっき、きみのおばさんが言っていたが、ぼくがパトリックおじさんだよ。どう思う？」

　表情から察するに、ジェスはどうも思っていないようだ。その唇が震えたので、パトリックは無意識のうちに膝の上で赤ん坊を揺すり、ほほえみかけた。

「おいおい、そんなにひどくはないだろう？　赤ん坊のことは何も知らないけど、いっしょに勉強すればいい。きみだって建築家とか、おじって存在はよく知らないはずだ。だから勉強するんだ。ぼくが赤ん坊のことを学ぶみたいにね」

　パトリックがうなずいてみせると、ジェスはまばたきをした。彼がもう一度大きくほほえんだとき、突然ジェスの顔が変わった。目がなくなり、口を開いて、一本だけ生えた歯を見せながら笑ったのだ。

　パトリックは息をのんだ。喉に大きなものがつかえ、視界がぼやけそうになって目をしばたたく。

「ぼくの顔がそんなにおかしいのかな？」その声はかすれていた。ジェスはまた笑い、片方の手を振りまわして彼の鼻をつかもうとした。「痛っ！　爪が伸びてるぞ」パトリックはやさしく言い、鼻をむしり取られないうちに、意外に力のあるジェスの小さな手を引き離した。

ジェスは彼の鼻のかわりに指を一本つかんで引っ張り、口に入れてかじった。

「口に入れられるほど清潔かどうかあやしいな」そのとき、クレアが戻ってきてパトリックの隣に立った。彼女から刈ったばかりの草の香りが漂ってくると、ふいにばい菌のことなどどうでもよくなった。

甘いとしか言えない草の香りが媚薬(びやく)のような力で五感をくすぐり、パトリックは会話に集中しろと自分に言い聞かせた。

「大丈夫よ。子どもは無菌状態で育ててはいけないの。体によくないから。あなたの指はそれほど汚くないと思うわ」

「犬のにおいが付いているかもしれない」パトリックは常識を取り戻そうとした。

「平気よ。さっき、笑い声が聞こえたと思ったけれど」

パトリックはふいに、恥ずかしくなって顔を上げた。ジェス相手に、ばかみたいなことを言っていたのを聞かれたのだろうか？

「この子が笑ったんだ」こんなにも幼い子どもがあんなふうに魅力を発揮したことに、彼は圧倒されていた。クレアがにっこりする。

「ああ、笑ったのね。こっちがばかみたいな顔をすればするほど喜ぶの。大人がふざけてみせると、ユーモアのセンスが刺激されるみたいで」

ばかみたいな顔か。やはり先ほどの会話は聞こえていたようだ。パトリックは思った。いや、このことは有利に働くはずだ。有利に働く点は多ければ多いほどいい。

〝ぼくは子育てに参加したいし、ジェスの最初の一歩を見て、最初の一言を聞きたい〟

　パトリックがそう言って以来、クレアの頭の中にはその言葉が駆けめぐっていた。ジェスといっしょにいる彼を見ても、その言葉の意味はよくわからなかった。子育てに参加したいとはどういうことだろう？　ときどきジェスの動画を見たいとか？　折に触れて、訪問したいとか？

　それとも親権がほしいの？

　そう思ったとたん、クレアの背筋に冷たいものが走り、胸がどきどきし始めた。

　そんなはずはない。無理に決まっている。パトリックに親権を取れるわけがない。男性なのだから。でも、パトリックとウィルの遺伝子は同じだ。彼が自分が親だと言い出したら？　ジェスは兄ではなく、自分の子だと主張したらどうなるの？

　クレアの目は写真に引きつけられた。妹の子どもの父親に、手術の跡があると証明する唯一の証拠だ。写真のネガはなく、コピーもない。この写真がよからぬ人の手に渡ったら……。

「クレア、どうしたんだ？」

　彼女ははっとして、写真からパトリックに目をやった。落ち着いたグレーがかったグリーンの目が、こちらを見ている。

「子育てに参加したいって言ったわね」その声は緊張していた。

「そのとおりだ」

「参加するってどのくらい？　正確にはどういう意味かしら？」クレアは遠回しな言い方ができず、いつも単刀直入に正確に相手の急所を突いた。もしパトリックがジェスを取り上げようと考えているなら、知っておきたかった。

「わからない」彼の目には困惑と誠実さがあった。

「できるだけ会いたいとは思うが、ジェスはサフォークできみと暮らしていて、ぼくはロンドンで働いている。簡単にできることじゃない」

「好きなときに、ここを訪ねてきていいのよ。部屋もあるから、泊まれるわ。あなたがジェスに会うのを、わたしは止めたりしないから」

パトリックは首をかしげ、じっとクレアを見た。

「ぼくが親権を取りたがっていると思っているんだな?」口調こそやわらかかったが、クレアは息をのんで目をそらした。

「どうかしら。わたしはただ、ジェスを失いたくないの。妹が遺(のこ)したのはジェスだけだから」

まだ悲しみが癒えず、クレアは言葉を切った。

「大丈夫、ジェスを取り上げたりはしない。そんなことができるわけないだろう? ぼくは結婚していないうえに、住んでいるのは自分の会社の階上(うえ)の、小さなルーフガーデン付きのアパートメントで、地面から何メートルも高い場所にある。きみは女性で、ジェスが生まれてからずっと世話をしていて、住んでいるのも安全な田舎だ。まともな判事なら、ぼくが育てるほうがいいとは考えないだろうね」

つかの間、目をつぶってから、クレアはうなずいた。「そうよね。わたしはただ……」

「早とちりか?」その声はやさしかった。「大丈夫だよ。だが何もかも、きみの思いどおりになるとは思わないでほしい。うちの両親もジェスと関わりたいと思うだろうし、家に泊めたがるだろう。誕生日とか、クリスマスとか、いろいろな機会に」

クレアはまたうなずいた。パトリックは正しい。簡単にはいかないけれど、力を合わせれば全員が楽になる方法を考えつけるはずだ。

「まずは大事なことから片付けていこう」パトリックの顔にいたずらっぽいほほえみが浮かんだ。「笑っているこの生き物から、不思議なにおいがするんだ。おばさんの出番じゃないかな」

〝ぼくは子育てに参加したい〟

クレアは緊張が解けた気がしてほほえんだ。「おむつ替えに挑戦するときがきたわね」そう言って立ち上がる。

「いや……ぼくには無理だ」

「無理じゃないわ。自分の能力に驚くはずよ。きれいにしておむつを替えたら、今度はミルクね。それが終わったら、もちろん次のおむつ替えよ」

パトリックの表情にはお金に換えられない何かがあって、クレアは必死に笑わないようにした。

「ぼくはミルクを作るよ」パトリックは口実を探したが、クレアは取り合わなかった。

「ミルクはもう作ってあるの。次のときにお願いしていい？」

おもしろいことに、そう言われてもパトリックは全然ありがたそうではなかった。

3

一時間後、ミルクをもらって二度おむつを替えてもらったジェスは、またパトリックの膝の上に戻った。二匹の犬は何かを期待して、あたりをうろついていた。

少なくとも、ペッパーはそんな顔をしていた。ドッグは首をかしげ、大きな耳をすませて、鷹のように主人を見守っていた。新しい遊び相手ができたのはうれしいが、初めての場所で主人が目の届かない場所に行ってしまうのは困るし、主人の膝にのっているおかしな生き物が気になるらしい。

パトリックはドッグを見て、やさしく耳を引っ張った。「大丈夫だよ。ただの赤ん坊だ」

ただの赤ん坊か。なんて言い方だ。ぼくの人生は激変したのに、〝ただの〟などという言葉を使うとは笑ってしまう。兄の子どもは、とんでもなく大変な存在だ。

パトリックはあの写真を思い出した。あそこには数週間前に会っただけの女性と、二度と会えない男が写っていた。パトリックはその男といっしょに育ち、遊び、喧嘩し、愛すると同時に憎んだ。年をとって理解できるようになると、愛のほうがまさった。

あれは生きているウィルをとらえた、最後の写真だろう。ぼくや家族が見られる写真としても、最後に違いない。だが、あれを両親に見せるくらいなら、喉をかき切ったほうがましだ。

下品だからではない。写真にはやさしい感動が込められ、誰にも見せない思いや感情もにじんでいた。ウィルはカメラマンとして優秀で、瞬間をうまくとらえる才能があった。

写真のエイミーには、痛ましいほどはっきりともろさが表れている。何枚かの中に見える彼女の生々しい感情に、パトリックの胸は痛くなった。

ほかの写真には遊び心があって、見るとほほえみたくなった。エイミーが眠るウィルに近寄って、こっそり撮った一枚もある。次の写真では、ウィルは彼女のほうに手を伸ばしていて、その目は温かく笑っていた。

休日を撮った、楽しげで何げない一枚と言ってもいい写真を、パトリックは両親に見せようかと迷った末に思いとどまった。だめだ、やはり両親は知らないほうがいい。ぼくが質問攻めにされるだけだし、答えてもしょうがない。

ウィルとエイミーのつかの間の付き合いについてはぼくに関係ないことで、ずっとそうでありたかったが、そういうわけにもいかなくなった。ただ、二人のおかげで、ジェスが生まれたのはたしかだ。二人の忘れ形見である、この幸せそうなかわいい子がにっこりするたび、パトリックは感情があふれてきて胸が苦しくなった。

それだけでも、ジェスの両親を許す気になった。

「パトリック？」

彼は現実に立ち戻って顔を上げた。クレアが心配そうにこちらを見ている。

「大丈夫？」

ぎこちない笑顔なのは自分でもわかっていたが、あまりにも多くのことがありすぎて、パトリックには気持ちを整える時間が必要だった。「ああ、大丈夫だ。ただちょっと――」

「新鮮な空気を吸ってきたら？　いつもこの時間は、ペッパーの散歩に出かけるの。ドッグもひとっ走りしたいんじゃないかしら」

新鮮な空気を吸うのはいいアイデアだ。「ドッグは喜ぶだろうな。だがジェスはどうするんだ？　一人はついていないと」

クレアがパトリックを見つめた。「わたしがジェスを置いていくと思った？　いっしょに連れていくのよ。ジェスも散歩が大好きなの。最近重くなってきたけれど、ベビースリングで抱っこしていくわ。もっと大きくなったらリュック型のを使うつもり。そうすればジェスもまわりを見られるしね。でも、今はこれで大丈夫」

クレアが青い厚手のキャンバス地でできたベビースリングに手を伸ばすと、ペッパーははじかれたように立ち上がり、ドアに駆けていった。

彼女がやさしく笑う。「よくわかっているのね」

ペッパーは一声吠え、尻尾を激しく振った。クレアはストラップを調節してベビースリングを付けた。

パトリックは膝の上で楽しそうにプラスチックの輪を噛んでいるジェスを見て、ふいに手渡したくないと思った。我ながら本当に驚きだが、ジェスといっしょにいるのが楽しい。おむつ替えもそれほどいやではなかった。「ぼくが抱っこするよ」

クレアの手が止まった。「いいの？　重いし、よだれが付くけれど」

「平気だと思う」

そう聞いたクレアはすぐにベビースリングをはずし、パトリックに付けさせた。ベビースリングに入れたジェスが、パトリックの胸の前にしっかりおさまると、その腕は彼の胸のやや下に押しつけられ、足は宙を蹴る形になった。パトリックは静かに安堵のため息をつき、ジャケットを羽織った。

背を向ける直前、クレアが笑うのが見えた。「何がおかしいんだ？」

クレアは笑顔のまま肩をすくめた。「別に。犬の散歩にしてはおしゃれだと思っただけ」

パトリックは麻のジャケットを見た。都会ではカジュアルで通るだろうが……。彼は苦笑した。

「たしかに。だがシャツだけでは肌寒いし、持ってきたのがこれだけだったんだ」

クレアは肩をすくめてフリースを着ると、先に外に出て私道を歩いていった。

ドアを閉めたパトリックは鍵を捜したが、見つからなかった。「鍵をかけないのか？」

するとクレアが振り向いて立ち止まり、驚いた顔をした。「鍵？　家に盗まれて困るものはほとんどないわ。それに、ここは田舎だもの」

「だからこそ、狙われるんじゃないのか？」

クレアは笑った。「わたしを捜し出せればね。行きましょう、犬が見えなくなるわ」

ドッグがうさぎでも見つけたら大変だ、とパトリックは思った。施錠していない家のことも忘れ、クレアのあとを追う。

胸にぴったりと押しつけられているジェスはすぐに寝入ってしまい、しばらくするとひどく重く感じるようになった。それでも、その感覚は言葉にできないほど心地よかった。

数日前までのパトリックは誰とも深く関わらない独身男性で、犬の散歩をするときも公園で一人きりだった。ところが今は、同じ犬を散歩させていても胸には赤ん坊がいるうえに、犬は二匹に増え、隣には美しい女性がいる。

そう思うとはっとして、パトリックはクレアをじっと見つめた。たしかに彼女は美人だ。ほかのことに気を取られて、あまり意識しなかったが、魅力的でとても女らしい。

ほっそりした体は健康的で優美で、男の警戒心をほぐす無邪気さもある。それに声といったら！

もし赤ん坊がいなければ、ぼくはすぐにでもデートを申し込んでいただろう。

しかし、ぼくには考えることがある。生活を変えずに、どうやって自分をこの予想外の成り行きに合わせていくのか？

パトリックはひそかに自分を笑った。

合わせるなど無理だ。兄がはめをはずし、情事とも呼べない短い関係を楽しんだせいで、ぼくは赤ん坊という責任を負わされることになった。おまけに、クレアのこともある。

彼女がなんの仕事をしているのかは知らないが、見た限りではいい暮らしができる給料はもらっていないようだ。いっぽうで、シトロエンの中にはほかのものとはまったくそぐわないブリーフケースがあった。彼の会社のロビーで、古いトレーナーやそのほかのがらくたの中にあったときも、あのブリーフケースには別の生活があることをにおわせる、超然とした雰囲気があった。

どちらが本当のクレアなのだろう？　くたびれたトレーナーのほうか？　しゃれた革のブリーフケースのほうか？

クレアが振り返り、パトリックが追いつくのを待った。好奇心がつのって、彼はいきなりたずねた。

「きみのことを教えてくれ」

彼女の顔に驚きが浮かんだ。「何を知りたいの？」

「話したいことならなんでもいい。ぼくたちはジェスを通して、この先も長く付き合うことになるんだ。友達にならないか？」

クレアは一瞬ほほえんだものの、すぐに真顔に戻り、印象的なグレーの目にかすかな不安を浮かべた。

「そうね」慎重に言うと、彼女はまた歩き出した。

「道が悪いから気をつけて」そして、黙ったまま先に立って案内した。

歩きにくい場所を抜けてからクレアは振り返り、ふたたびパトリックが追いつくのを待った。

「わたしのことを知りたい？　おもしろい話は何もないわ。二十六歳のグラフィックアーティストの卵で、取った学位はインテリアデザイン。商業建築の依頼は受けられないんだけれど、ここには一般住宅の仕事があまりないの。お金持ちが少ないし、大きなお店に行けば、普通の人はじゅうぶんなアドバイスがもらえるから」

「そのせいで、きみは仕事がないわけだ」

クレアは小さく笑った。「そうなの。住む場所もないところだったわ。おばのメグがわたしたちに家を遺してくれなかったらね」

「わたしたち？」

彼女はまた笑顔になったが、美しいグレーの目の奥には悲しみがにじんでいた。「わたしとエイミーのこと。妹も住む場所がなかったから、いっしょに暮らしていたの。ただそのせいでエイミーは仕事を探さなくなって、わたしが養うしかなくなったわ」

クレアが肩をすくめた。小さいが雄弁なその仕草を見て、パトリックは彼女の思いを理解した。ウィルもエイミーと同じタイプだった。弟のぼくに責任を負わせて、自分は二人分遊んでいた。

「よくわかるよ」心の中でどう思っていようと、兄を批判するつもりはなかった。結局、兄と自分の人生にそれほど大きな違いはないからだ。

少なくとも、今までは……。

「おばさんは家は遺してくれたけれど、修理するお金は遺さなかったんだね」

クレアはお手上げだと言わんばかりに笑った。

「そのとおり。あの家には必要なものが多すぎるの──新しいキッチンとか、バスルームとかが。配線と配管は直して、屋根も新しくしたけれど、ジェスと暮らすことになって──」

言葉が途切れ、クレアの目がパトリックの胸の上で眠るジェスに向けられる。

「それまでは、きみも働いていたんだな？」

「ジェスが生まれる前までは？　ええ、エイミーが病気になるまではね。産後鬱だったの。産後鬱だったのか、たまたま産後にそうなっただけなのかはわからなかったけれど、エイミーは問題を抱えていたわ。借金があって、人間関係もうまくいっていなかった。だから、わたしが仕事を減らして面倒を見たけれど、妹は自暴自棄になっていて……」

「ぼくに会いに来たときの彼女は、ひどい様子だった」エイミーが命を絶ったことには自分も責任があるのかもしれない、とパトリックは何度となく思っていた。

彼の自責の念に気づいたのか、クレアが首を振った。「エイミーはいつもそんな感じだったわ。もともとそういう子なの。意識して悲劇らしく見せるというか……。妹にとっては仕事みたいだったわ。すると、周囲が気の毒になって助けるわけ」

「ぼくは違ったが」

クレアのほほえみにはやさしさと許しがこもっていた。「ええ、そうね。でも責められないわ、真実を知ってしまった今は。あなたにも責任があると言ったのは、ジェスがあなたの子どもじゃないとわかる前だったからなの。一度も会ったことがなかったなら、ただの認知してもらおうとする女でしかないエイミーを、助ける筋合いなんてなかった。あなたに責任はなかったんだもの」

「しかし彼女はぼくを子どもの父親だと信じて、責任から逃れるために知らないと言ったと思っていた」

「妹の死に責任を感じるのはやめて。そんなものはないわ。妹は前にも薬物を過剰摂取して、何度も入院しているの。でも、最後のときはわたしに仕事があった。受けないわけにはいかなかったの。エイミーはあなたのところから帰ってくると、わんわん泣いて借金があると打ち明けたから」

「借金？」

「クレジットカードとか高金利のローンとかの。浅い考えで借りたせいで、返せない額になっていたの。あなたが最後の頼みの綱だったんでしょうね」

「なのに、ぼくは彼女を追い返した」自分が悪いわけではないとわかっていても、罪悪感は消えなかった。もっと何かすべきだったのかもしれない。帰りの交通費は渡したが、それだけだ。見知らぬ他人とはいえ、少なかったかもしれない。

「やめて。あなたに本当に罪はないんだから。わたしだって同じだわ」

「だが、きみはうしろめたく感じている」

そらす直前、クレアの目には苦痛が浮かんでいた。

「もちろんよ。とにかく、エイミーから借金を打ち明けられた翌日に銀行に行って、家を担保にお金を借りて借金を返したの」彼女は皮肉をにじませた重い笑い声をあげた。「その二日後、返済のための仕事をしていたとき、妹は自殺したのよ」

「きみに借金を遺してか」

「ええ。自分がいなくなれば、帳消しになると思ったんでしょうね。妹は追い詰められて自殺したけれど、わたしは抜け出す道を見つけていたの。というか、そう思っていたわ。もしかしたら、お金が原因じゃなかったのかもしれない。わたしにすべてを押しつけたせいで、いっそう妹の罪悪感はひどくなったのかも。本当のところはわからないわ」

「遺書は?」

「あったけれど、書いてあったのはわたしにすべてを押しつけることへの謝罪だけで、なんの説明もなかった。そんな必要はなかったわ。妹には引き金になる原因がたくさんあった。だからといって、自分の命を絶つ理由にはならない。だけど一つ一つは小さくても、わたしには理解できない事情があったんでしょうね」

クレアが顔をそむけて苦しげに息を吸い込んだので、今もひどく傷ついているのがパトリックにはわかった。エイミーが亡くなったのは、ほんの数週間前だ。ウィルが亡くなったのは一年前だが、心の痛みは悲報を聞いた日と変わらない。

パトリックはクレアに落ち着く時間を与えてから、腕時計を見た。「もう戻ったほうがいい。しなければならないことがたくさんある」

「あなたはロンドンに帰らないといけないし」

「できればね。それに、昼も食べたい。もう二時だから、腹ぺこなんだ」

クレアは少し苦々しげに笑った。「何かあったかしら。袋の底に、しわしわのじゃがいもが少し残っていたくらいしか思い出せない」

「パブに行って食事をして、それから買い物に行こう」

「買い物をする余裕なんて――」

「だが食べないのはまずい。きみにはジェスの世話があるから、体力が必要だ。あの子にはきみが必要なんだよ、クレア。それに、ぼくにもね。ぼくはジェスの面倒を見られないが、きみは見られる。そのためなら喜んで金を出そう。きみがジェスに与えているものは、金には換えられない」

クレアはパトリックを見つめていたが、突然その目に涙があふれて顔をそむけた。「ありがとう」

パトリックは何も考えず、彼女の肩を引き寄せた。

「泣かないでくれ。大丈夫だから」しかし、パトリックの言葉は状況を悪くしただけだった。しばらくクレアは彼にしがみつき、細い体を震わせた。そして気を取り直して離れ、ティッシュで涙をぬぐった。

「ごめんなさい。ただ……ただあまりにもいろいろありすぎて、ときどき閉じ込められたような気分になるの。ジェスの面倒は見たいけれど、そうすると仕事ができなくなるし、仕事ができなければ電話も引けず、電話が引けなければ仕事の依頼を受けられない。頭がおかしくなりそうで」

「電話がない?」パトリックは驚いた。「人里離れたところに住んでいるのに、ジェスに何かあったらどうするつもりだ?」

「病院に連れていくわ」

「きみが車と呼んでいる、あのぽんこつでか?」

「あれはエイミーのなの。もともとはおばの車だったんだけれど、エイミーは車を持っていなかったから自分のものにしたのよ。わたしの車は仕事を辞めたとき、ローンが払えなくなって売ったわ」

淡々とした言い方だったものの、パトリックは胸を突かれた。彼は貧しさを知らなかった。成功した建築家だった父の遺伝子を受け継いでいたので、資格を取るとすぐに父の会社に入り、数年でいくつも賞を獲得して、会社をさらに成功に導いていた。

これまで金に困ったことはなかったとはいえ、その恐ろしさは想像できた。一度ロンドンで財布を落としたときは、移動に困った。タクシーを呼ぼうにも自宅に現金はなく、会社はすでに閉まっていて、料金を支払う手段が何もなかった。

「車のことは心配ない。ぼくがなんとかする。電話もだ。お互いに連絡する必要もあるだろうから」

「お金はあとで返すわ――」そう言いかけたクレアを、パトリックは目で黙らせた。

「きみは抱え込みすぎなんだ。毎日ジェスの世話をしなくてはならないんだから、ぼくみたいに稼げるわけがない。ぼくたちには分業の必要があるんだから、議論は受けつけないぞ」

　クレアが開きかけた口を閉じてほほえんだ。「ありがとう」

　パトリックは軽く笑った。「礼などいらない。ぼくは自分にとって簡単な道を選んだだけだ。この子は信じられないくらい重いうえに、ぼくの勘違いでなければ、たった今おしっこでぼくのシャツが濡れているんだからね」


　クレアはどこか頼りなく、ぎこちない気分だった。面倒を見てもらうことに慣れていないせいで、気に入っているのかどうかもわからなかった。

　パトリックがえらそうで気に入らない、というわけではない。彼は……穏やかに、そして完璧に主導権を握っていた。おかげで、あれよあれよという間に電話はつながり、古い冷蔵庫は食料でいっぱいになり、新品の冷蔵庫が注文された。

　パトリックは彼女をまた外に連れ出した。

「どこに行くの？」クレアはエイミーの車のハンドルをしっかり握ってきいた。この車が好きなわけではないけれど、主導権を握る機会はどんどん減っていて、残されたのは運転することくらいだった。

「最寄りのフォルクスワーゲンの販売店だ」

　クレアは驚いた。「どうして？」

「ぼくの姪を、これ以上このぽんこつには乗せられない。それに、週末にここに来たときにも車がいる。毎週ロンドンからここまで車で来るのに、金曜の夜の渋滞にはまりたくないんだ。だから車を買う。平日はきみが好きなように使うといい。費用はぼくが全部持つ。そのかわり、金曜の夜は駅までぼくを迎えに来て、月曜の朝には送ってほしい」

クレアはあっけに取られた。パトリックは毎週来るつもりなのだろうか？「できないと言ったら？」クレアは断る理由を探した。「わたしが仕事中だったらどうするの？」

「金曜の深夜と、月曜の早朝にか？　それはないだろう。もし忙しいなら、タクシーを使うよ」

パトリック自身はどんな車に乗っているのだろう、とクレアは考えた。きっとメルセデスだ。大きくて速くて、さまざまな機能が搭載された車に決まっている。

「ロンドンではどんな車に乗っているの？」クレアは、直接質問すればすむときにまわりくどい言い方をするほうではなかった。パトリックが座ったまま少し体の向きを変えて、彼女のほうを向く。その口元にはからかうようなほほえみが浮かんでいた。

「あててみてくれ」

クレアが車種を口にすると、パトリックは驚き、咳き込みつつ笑った。

「ポルシェだって？」信じられないという口調で、彼がまた笑った。「ウィルなら買うかもしれないが、ぼくは違う。もっと実用的な車だよ」

「じゃあ、メルセデス」

「近い」

「アウディかしら？」

パトリックがため息をついた。その笑顔は複雑そうだった。「ぼくはそんなにわかりやすい男なのかな？」

「そうじゃなくて、あたりさわりのない答えを言っただけよ。わかりやすい男性ってわけじゃないわ。たとえば犬なら、あなたは血統書付きが好きだろうと思っていたの。まさか、雑種を飼っているなんて意外だったわ」

パトリックは憤慨した。「ドッグはぼくの犬じゃなく、ウィルのだ。ウィルが道端で売っていた女の子から買ったんだよ。ひどく寒い日で、何匹もいた子犬は震えていたそうだ。ウィルはそういうのに弱くてね」

「あなたとは違うのね」

パトリックははっとしてクレアを見ると、ほほえみを浮かべた。「そのとおりだな。そのときのウィルは、本人の言葉を借りれば求職中で、ぼくといっしょに住んでいた。ウィルはぼくに犬を見せようと会社に来たんだが、あの犬はいきなりクライアントの図面に小便をかけたんだ」

クレアはその光景を思い浮かべて笑い、ドッグはすっかり忠実でおとなしくなったのねと思った。

「ドッグはあなたが大好きみたいだわ」

そう言われて、パトリックが顔をしかめた。

「ぼくが餌をやっているからな。あいつもばかじゃない」

「いっしょに遊んであげて、話しかけているからよ。オフィスでもそばにいて、現場に出かけるときもいっしょなんでしょう？」

クレアは想像で言ったのか、それともぼくの頭の中を読んだのだろうか？

パトリックは咳ばらいをし、まっすぐ前を向いた。

「あいつがキッチンで、ペッパーと仲よくやっているといいんだが」

「大丈夫よ。ペッパーは賢い子だから、ドッグの面倒を見てくれるわ」クレアは車の販売店でシトロエンを停めた。「その……車のことなんだけれど」

シトロエンから降りかけていたパトリックが振り

向いた。「車がどうしたんだ？」

「その代金は返すわ。あなたが育児費用を出してくれるなら、わたしは仕事ができるし、車のお金だって払えるもの」

「説明したと思ったが」パトリックは辛抱強く言った。「ぼくも週末は車がいるから――」

「借りればいいわ」

「ぼくは自分の車がいいんだ」

「ええ、わたしもその意見には賛成だけれど」

「だが、きみに新車は買えない」

クレアはあっけに取られた。「しょうがないわね」

彼女はあきらめた。お金をどぶに捨てたいなら、そうすればいい！

車を降りてドアを閉め、クレアはジェスを抱いたまま、パトリックのあとについてフォルクスワーゲンの販売店に入った。販売店のスタッフは、パトリックの肩越しに見える彼女の車を半信半疑で眺めていた。そこに追いつくと、パトリックが要望を説明する声が聞こえた。「犬二匹と赤ん坊が一人いるから、ステーションワゴンがいい」

なんてことだろう。わたしたちはまるで……結婚しているみたいだ。スタッフはクレアのほうに軽くほほえんだが、すぐにまばたきをした。

「ミス・フランクリンじゃありませんか」

笑顔を返しながらも、クレアは彼が自分を知っていたことに驚いた。「こんにちは」

スタッフはジェスを見てからパトリックを見て、はっと我に返った。「ええと……かわいい赤ちゃんですね」パトリックが低く咳ばらいをして、相手を仕事に集中させる。「納車はいつごろがよろしいですか？」スタッフは書類を指でめくってたずねた。

「今すぐだ。できれば今日の午後がいい」

スタッフが書類を置き、眼鏡越しに二人を見た。

「そうなると色は選べませんが」

「しかし、車はあるんだな?」

「濃いメタリックブルーなら、試乗車がありますね……」

「それでいい」パトリックが言ったので、契約は成立となった。

三十分後、車の代金が支払われて保険の手続きがすむと、クレアとジェスは新しい車に乗った。

「それじゃ、家で」パトリックの言い方があまりに感じがよくて自然だったので、クレアは泣きそうになった。

なんてばかなの。言葉のあやにすぎないのに。でも彼は一週間のうち、二日か三日はわたしの家で暮らすんだから、言葉のあや以上の意味がある。つまりパトリック・キャメロンは、わたしの人生において、いやおうなく重要な位置を占めているのだ。

4

たった三週間で、クレアとジェスを訪ねてサフォークに赴くのがこんなにも大事な習慣になってしまったことを、パトリックは不思議に思っていた。

クレアたちと過ごすのはこれで三度目で、彼もドッグも、週末ごとの移動にはすっかり慣れていた。

いや、パトリックは慣れていたが、ドッグは違った。電車が好きではなかったからだ。うるさいし、人は多いし、犬にとってストレスの多い環境なのは否定できなかった。

それでもいったん到着すれば、ドッグは田舎でペッパーと過ごす週末を楽しんだ。パトリックはというと、迎えに来たクレアの笑顔を見るとほかのことは何もかも忘れてしまうのだった。

パトリックが駅の出口のそばで待っていると、クレアは彼が見つけやすいように車のライトを点滅させた。

そんなことをする必要はなかった。クレアのことになると、パトリックは勘が働くからだ。ドッグも同じで、彼の隣で小走りになり、車の後部座席のドアを開けてやったとたん、尻尾を振ってペッパーのもとに駆け寄った。

パトリックはドッグの気持ちがよくわかった。

助手席のうしろにスーツケースを置き、ジェスに短いキスをしてから、彼はクレアに笑いかけた。

「やあ。待たせてすまなかった。電車が遅れたんだ」

「大丈夫、さっきついたばかりだから。出る前にジェスのおむつを替えなくちゃいけなくなって」

パトリックはにやりとして、クレアの隣に乗り込んだ。「今週はどうだった？」

クレアの笑顔はいたずらっぽかった。「いつもと同じで、いろいろあったわ。仕事も来たの。本当に久しぶりだから、勘を取り戻すのが大変だったわ」

「働く必要はないのに」パトリックは言った。

彼女が首を振る。「あるわ。ずっとあなたにおんぶに抱っこ、というわけにはいかない」

「そんなことはない」

「わたしにはそう思えるの。自分のものは自分のお金で払いたいのよ」

「ジェスの面倒を見ているだけで、じゅうぶん負担してもらっているよ」

クレアは肩をすくめ、車を出した。「実は一つ、決めたことがあるの。あの納屋を売りに出すつもりよ」

パトリックは驚いて彼女を見つめた。「納屋をだって？」

「ええ。きっと買って改装したいって人がいるわ」

「あれは売れない。敷地の一部じゃないか。何か別のものに建て直す許可を取る予定はないのか？」

「もう取ったわ。寝室四つの住居に改装する許可をね。もし図面を見たいなら見せるけれど」

「隣人ができるな」クレアはきっと気に入らないと、パトリックは直感で思った。

クレアは肩をすくめた。「しょうがないわ。エイミーの借金の返済のために家を担保にお金を借りたのに、その支払いができないんだから。納屋を売らないなら、引っ越すかしかない。ただ――」

言葉が途切れ、パトリックは向きを変えて彼女の顔をまっすぐ見た。「ただ、なんだ？」

またクレアの細い肩が上下した。その小さな仕草には絶望が表れていた。「わたしにはかなえられるとは思えない夢があるの」

「どんな夢だ？」彼はやさしくきいた。

「もうやめましょう。どうせ実現するわけないんだし」

「教えてくれ」

クレアはため息をついて話し出した。

「絵画教室を開けないかと思っていたの。水彩画、風景画、パステル画、人物画――いろいろなね。来る人がいろいろ選べるように、毎週違ったメニューを用意するわけ。ジェスとわたしは二階で暮らして、階下の大きなキッチンではお客をもてなして、一階のほかの部屋はアトリエにするの。暗室を造れば、写真のスクリーン印刷もできるわ。そうすれば経済的に自立できて、ジェスの面倒も見られて、他人がしたいことじゃなくて自分が本当にしたいことができる。でも、これはただの夢なの。お客を迎えられるようにコテージを改装しようと思ったら大変なお金がかかるし、納屋のほうは……あなたも見てのとおりだわ」

パトリックは納屋を見たときから、見事な建物だと思っていた。あれはきっとすばらしい家になる。

オーク材の梁（はり）と分厚い壁を持つ建物は、煉瓦（れんが）でできていた。そういった特長を活（い）かし、愛情を込めて修復し改装すれば、驚くような家ができあがるだろう。パトリックの頭の中では、すでに図面が描かれ始めていた。売り家ではないから、そんなことをしても無駄なのは百も承知だった。

ところが突然、チャンスが舞い込んできた。しかも、クレアが抱える問題も解決できる。

「ぼくに売ってくれ」

その言葉を聞いたクレアは、もう少しで赤信号を無視しそうになった。「なんですって？」驚きの目でパトリックを見る。

「ぼくに売ってくれと言ったんだ」

クレアははっきりさせようとするように頭を軽く振った。「どうして？」

パトリックは期待の身震いを抑えようとして肩をすくめた。「きみには金が必要で、ぼくにはここに来たときに滞在する場所が必要だ。これから十八年も、週末ごとにぼくを泊めるのは大変だろう」

「わたしは気にしないわ」

「ぼくは気にする。きみのプライバシーを侵害している気がするうえに、公平でもない。しかし、ぼくが納屋を買い取れば、すべてが丸くおさまる。きみは平日、隣人なしで過ごせて、ぼくはサフォークに拠点ができるからね。そしてきみは自分の家を取り戻し、借金を清算する金ができて、大事にしている自立ができる。ぼくがあそこを買ったほうがいい理由なら、山ほどあるんだ」

クレアはしばらく黙っていたものの、頭の中では目まぐるしく考えごとをしているのが見えるようだった。やがて、彼女はこちらを向いた。

「まだ値段を言ってないけれど」

パトリックは顔をしかめた。「予想はつくし、そ時間の問題だ。パトリックには確信があった。きっと彼女は売ると言うはずだ。

クレアは困っていた。納屋を売るのは決めたことで、不動産業者とも話をしている。しかしパトリックが予想外のことを言い出したので、どうしていいかわからなくなっていた。

彼は本当にあの納屋がほしいのだろうか？　それとも、わたしの暮らしを楽にしたいと考えただけ？　クレアにはわからなかった。わかっているのは、ある意味ではパトリックに売るのはいいアイデアだけれど、別の目で見れば最悪だということだった。

パトリックに納屋を売れば、二人は今までとは違う形で結びつけられる。もちろん、今だって強く結びつけられてはいる。その結びつきは、ジェスが大きくなるまで続くだろう。

ジェスが十八歳になるころ、わたしは四十四だ。それよりも改装にかかる金額のほうが大きいだろうな。考えてみてくれないか？　自分で図面を描いてみたいんだ」

「図面ならあるわ」クレアはそう言って天を仰いだ。「あなたは建築家なんだから、当然自分で設計したいわよね。でも、まだあなたに売るとは言っていないから」

その言葉を聞いたパトリックは、彼女を説得するのは難しいだろうかと思った。たぶん、それほど難しくはないはずだ。二人にとって、いい解決策なのだから。ジェスがいるから二人は長期間、近しい関係でいることになる。こんなにすっきりした解決策を、どうして今まで思いつかなかったのだろう？

本当に創造力を刺激される仕事に出合ったときにいつもそうなるように、パトリックは奮い立っていた。しかし、落ち着けと自分に言い聞かせた。

クレアはまだ売ると言っていない。だが、それもそのときは結婚して、自分の子どももいるだろうか？　そうであってほしいものの、相手に心当たりはまったくない。ジェスと家に閉じこもっているから、今後恋人ができるとも思えない。

ふいに、肩に責任がのしかかってきた気がした。ところが、そのとき思い出した──今はその責任を分かち合ってくれる人がいる。喜んで関わろうとしてくれる人がいるのだ。

パトリックがジェスを寝かしつける間に、クレアは二人分の夕食を作った。おなかはすいていたが、金曜日の夜はいつもパトリックを待っていっしょに食べていた。先に食べるのは失礼だし、食卓を囲む相手がいるのは楽しかったからだ。にこにこしながら手を振りまわしてよだれを垂らすだけではなく、ちゃんと会話をしてくれる人がいるのはありがたかった。

今夜のメニューはチキンパスタとサラダだった。

クレアがチーズをかけていると、パトリックがキッチンに戻ってきた。

「大丈夫？」彼女はたずねた。

パトリックがうなずいた。「明かりが消えるみたいに、あの子は寝入ったよ」そして仕上げをしているクレアのところに来て、うれしそうににおいを嗅いだ。「うまそうだ。腹ぺこなんだよ。何か手伝おうか？」

「いいえ、ほとんどできあがっているから」

パトリックがパスタの上にかかったチーズをつまみ食いしたので、クレアはその手を軽くたたき、皿をグリルに入れた。パトリックはカウンターの上に落ちているチーズを口に入れ、肩をすくめて離れると、冷蔵庫を開けた。「ワインでもどうかな？」

知り合って日が浅いのに、もう二人には習慣ができていた。クレアはこのちょっとした儀式に、どこか気持ちがなごんでいた。

パトリックがジェスを寝かしつけ、クレアが夕食を用意し、彼がワインを開け、夕食ができあがるまでに二人で一杯飲む。食べ終わったらコーヒーをリビングルームに持っていき、暖炉の前に座るのだ。家庭らしい落ち着いた時間は、恐ろしいほど癖になる習慣だった。

パトリックが納屋を買い取って改装すれば、もうこんなひとときはなくなる。週末にやってきても、パトリックは自分の家にジェスを連れていくから、わたしは週末ずっと一人になってしまう。

そう考えて、クレアは苦しいほどの孤独を感じた。

「ほら」肘のそばに、長くたくましい指でロゼワインのグラスを持ったパトリックが現れた。

「ありがとう」グラスを受け取ったときに指が触れ、クレアは肌がざわめくのを感じた。あわててオーブンのパスタを確認したけれど、隣でカウンターにもたれている彼の引き締まった腰を痛いほど意識した。

パスタは問題なく、放っておいても大丈夫だったので、パトリックの長い脚や広い肩幅、力強く形の整った唇から気持ちをそらしてくれるものはなくなった。

パトリックがグラスを傾けた。ワインを飲むと彼の喉が動いて、信じられないとクレアは思った。飲み物を口にするだけで、こんなにセクシーだなんて。

喉の奥から小さなうめき声がもれそうになるのを、クレアは必死に押し殺した。どうかしている。こんなに魅力的すぎる男性がキッチンに、わたしの目の前にいるせいで、頭がおかしくなりそうだ。彼の存在はとても近い。でも同時に、まだ遠い。

「あなたは納屋を買いたいのね？」クレアが前置きもなく切り出すと、パトリックはワイングラスをそっと置き、腕組みをして彼女をまっすぐ見つめた。

「どうして今、その話をする？」

クレアは肩をすくめた。何を考えていたのか、彼に打ち明けるわけにはいかない。わずかしか残っていない威厳を保ちたいなら、そんなことをしてはだめ。「夕食の準備をしながら考えていたんだけれど、やっぱりあなたの言うとおりだわ。そうすれば二人の問題はいっきに解決するんだから、正解なんだと思う。で、まだその気はある？」

「買うかどうかのか？　ああ、買いたい」

「決まりね。よかったら夕食のあとで、図面を見せるわ」

パトリックはクレアをじっと見つめながらうなずいた。彼女はグラスを持ち上げて一口飲んだ。

さあ、もう後戻りはできなくなった。おばの納屋は売れてしまった。ごめんなさい、でもどうしようもなかったの。まったくの他人に売るよりは、ジェスのおじに売ったほうがいいでしょう？　クレアは心の中で、おばに向かってつぶやいた。

パスタができあがったので、カウンターの上に置いている小さなオーブンから皿を取り出す。

「どうしてアーガを使わないんだ？」パトリックがたずねると、クレアはうつろな笑い声をあげた。

「固形燃料を使うからうまくいかないし、そんな余裕はないわ。そもそも、アーガにはオーブンがついていないの」

「ぼくが納屋を買い取ったら、アーガにオーブンをつけるか、オイルかガス式に改造すればいい」

「それでも、ふだん使うような金銭的余裕はないと思うわ」

クレアはキッチンテーブルのサラダの隣にパスタを置き、取り分け用のスプーンを持ってパトリックの目をまっすぐ見た。

パトリックがその視線を受け止め、探るように見つめ返したので、クレアは目をそらした。パトリックをじろじろ見たことなどなく、だいたいそんなことをする意味もない。二人がこういう状況に陥ったのは、彼のせいじゃないのだ。

クレアはパスタをすくい、皿にたたきつけるように盛って、唐突にパトリックに差し出した。

「サラダはご自由にどうぞ」クレアはすっかり気が抜けてしまい、自分の皿には少なめにパスタを盛りつけた。

それから、座ってフォークでパスタをつついた。しばらくしてからパトリックが手を伸ばし、テーブルの上のクレアの左手に重ね、やさしく握りしめる。クレアは涙がこみ上げるのを感じた。

なんてばかなんだろう。泣く理由なんかない。ただ納屋を売るだけなのに……。

「クレア、大丈夫だよ」その言葉は約束のように聞こえた。

けれど彼女はずっと昔に、約束を信じなくなっていた。そうでなければ信じていただろう。

クレアが見せてくれた納屋の図面は正確な寸法と、地元の設計士の能力がわかっただけではあったが、興味深いものだった。陳腐で想像力に欠けると思ったのは、パトリックが必要以上に厳しい目で見たからかもしれない。

それでも、納屋が自分の家になるなら、ちゃんとしていることが重要だ。いろいろな意味で、彼はそうなると直感していた。

パトリックはコーヒーを飲み干し、はやる気持ちを抑えた。もう暗いから、明日の朝にならないと、納屋の周囲を歩きまわって間近で調べることはできない。今は図面を見てクレアと話すくらいしかできないが、彼女は会話を必要としているように思えた。

「メグおばさんのことを教えてくれ」

そう言われたクレアは足を椅子の上に引っ張り上げ、丸くなって座った。

「本当は大おばなんだけれどね……。わたしにとっては、いちばん祖母に近い存在だったわ。子どものころはよくここに来て、納屋で遊ばせてもらった。おばは納屋で羊と山羊を飼っていたんだけれど、わたしたちはその上にある干し草置き場で遊んでもいいと言われていたの。そこはわたしたちの秘密の場所で、すてきだったわ。育ったロンドンとは何もかもが違っていて、大きくなったら絶対に田舎に住むんだって決めていたくらいよ。まさか、おばの家に住むとは思っていなかったけれど」

納屋を手放したがらなかったのも当然だ、とパトリックは思った。それに、納屋に関する夢を抱いたのも不思議はない。

「この図面に、きみのアイデアはどれぐらい活かされたんだ？」

クレアは顔をしかめた。「ほとんど何も。わたしのアイデアは現実離れしているから、設計士が受け入れてくれなかったの。どちらにしてもまだ構想段階だったし、わたしはとにかく図面がほしかったから任せていたわ」

そう聞いて、パトリックは安心した。もっと可能性があるのに、こんな退屈な改装内容でクレアが納得しているとは思いたくなかったからだ。

「土地のほうは？」

クレアは肩をすくめた。「知らないわ。考えたこともなかった。月曜日に不動産業者が来る予定になっているの」

月曜日か。その日に大事な仕事があっただろうか？　ここにいれば、物事を進められるが。「不動産業者に来てもらう必要があるのか？」

少し驚いた顔をしていたものの、やがてクレアは首を振った。「いいえ、ないわ。まだ何もサインしたわけじゃないから。評価額を見積もってもらうだけだけれど、去年の夏にも見積もりをもらっているの。その数字が大きく変わるとは思えない」

パトリックはうなずき、図面に戻って目をこらした。中央には屋根まで吹き抜けになった空間が必要だ。吹き抜けをつなぐ通路と、そこに上がるための階段を造り、両側にはそれぞれに寝室とバスルームをしつらえる。正面にある朝食用のテラスの上は倉庫にしよう。いや、やはり玄関の反対側は天井を壊し、吹き抜けの書斎にしたほうがいいかもしれない……。

「考えごとで忙しいみたいね」クレアがそう言ったので、彼はにやりとした。

「太陽の下で、納屋を見てみたくてたまらないよ。細かいところまで覚えていない部分が多すぎる」

「あなたの仕事のことを教えて」

クレアに話題を変えられて、パトリックは驚いた。彼女はインテリアデザイナーでもあるから、本当に興味があるのだろう。

普通は誰も興味を持たない。社交辞令で興味があるふりをするならいいほうで、なるべく早く話題を変えたいと思われることもあった。

「ロンドンではたくさんの仕事に関わってきた。東部の再開発地域の修復とか改装以外にも、アートギャラリーや住宅やオフィスといった、あらゆる建築物を手がけていてね。なかには風変わりな仕事もあって、楽しく新鮮な気持ちにもなれる。決まりきった仕事はきらいだから受けたくないんだ。そういう依頼は会社の評判に貢献はしなくても、収入にはなるから、少しは手がけないわけにはいかないが。賞がとれるような仕事ばかりじゃないんだよ」

「わたしが聞いていた噂とは違うのね」

パトリックは首が熱くなるのを感じ、恥ずかしそうに笑った。「噂は誇張されているものだ」

「ネットで少し調べたの。噂は正しいと思うわ」

「つまり、ネットで見たものを気に入ったという意味か？」あからさまにほめ言葉を求めた自分を、パトリックは蹴り飛ばしたくなった。

クレアはにっこりした。じらすようなゆっくりとしたほほえみを見て、彼は胸が苦しくなった。なんてきれいなんだ。

「気に入ったわ」彼女は認めた。

「じゃあ、納屋の設計は任せてくれるか？」

クレアはほほえんだまま肩をすくめた。「まあね。少なくとも個性的にはなるし、あの図面よりはずっといいものになるはずだわ」

彼女が無造作に重ねられた図面のほうに頭を振ってみせたので、パトリックは笑った。

「ぜひそうしたいね。その設計士も、自分が住むとなればもっとがんばっただろう。ただやり直したくなかっただけじゃないかな。そういえば、製図板は持っているか？」

「もちろん。わたしが何を使って仕事をしていると思うの？　キッチンテーブル？」

「世の中には不思議なことがあるからね」

クレアはにっこりした。「製図板ならあるわ――二つもね。一つは定規がうまく動かなくて、厳密な製図ができないけれど。どうして？」

今度はパトリックが肩をすくめる番だった。「ちょっと気になっただけだ。明日の朝、少し使いたくて」

彼の言葉に、クレアはうなずいた。「どうぞ。書斎にあるから自由に使って」

「そうするよ。ありがとう」

穏やかで心地のよい沈黙が続くうち、パトリックは椅子の背に頭をもたせかけて目を閉じた。とても静かで、聞こえるのはときおりはぜる暖炉の火と、足元で寝ている二匹の犬の低いいびきだけだ。

パトリックはその光景を気に入っていた。あわただしいロンドンの暮らしとは大違いだ。ジェスが階上ですやすや寝ている間、クレアと二匹の犬といっしょにいるのが楽しく、正しいと思える。まるで……まるで結婚しているみたいだ。パトリックはそんなことを考えた自分に驚き、もう少しで笑い出しそうになった。

どうかしている。二人はジェスという責任を分かち合っているだけで、それ以上ではない。

心の奥にある夢が〝違うぞ〟と告げていようと、勘違いするな。

早く納屋の改装を終えて、そちらに移ったほうがよさそうだ。

土曜日は気持ちのいい晩春の一日だった。太陽が顔を出したので暖かく、空気には花のにおいがした。

パトリックは早起きし、シャワーと着替えをすませて七時には庭に出た。空気はまだすがすがしく、草は露に濡(ぬ)れていた。

芝生が伸びているのを見て、クレアは芝刈り機を直したのだろうかと、パトリックは思った。この芝生の状態を見るに、たぶんまだだろう。

納屋まで行くと、大きくて重い扉をやっとの思いで開けた。蝶番(ちょうつがい)がきしみ、クレアはどうやって開けているのだろうと不思議になる。たぶん、頑固なまでの強い決意で開けているのだろう。彼はふいにクレアをすごいと思った。

クレアは勇敢な女性だ。妹の死と向き合うと同時に、乳児の世話という責任まで背負うのは大変だっただろうに、ためらいも疑問も抱かずに取り組んでいる。これからも彼女はそうするのだろう。

ジェスの後見人に関する法的手続きは、どうなっているのだろうか？　あとで調べてみなくては。その前にまず、納屋をくわしく見たい。

彼は両方の扉を大きく開け、奥の扉も開けた。太陽の光が中まで届いて室内を明るく照らし出すと、ほこりが舞っているのが見えた。納屋の真ん中に立って開いている扉のほうを見ると、谷の先に教会があるのが見えた。

なんとすばらしい景色だろう。これを最大限に利用したい。階段には踊り場を造ろう。立ち止まって五感を癒やす場所にするのだ。座って読書するのにもぴったりだから、必要なのは座り心地のいい椅子と、膝の上で丸くなる猫だろうか。

そのときはクレアの猫を借りよう、とパトリックは思った。ドッグはロンドンから連れてこられるが、猫となるとそういうわけにはいかない。

納屋の端にははしごがあり、二階の床にあけられた穴に通じていた。そこをのぼると干し草置き場にたどりつき、パトリックは体重をかけても大丈夫かどうかたしかめながら、そっと床板の上を歩いた。

そしてあたりを見まわし、木の梁をしげしげと眺めて、どの程度残せるか考えた。ほとんど使えそうだが、補強はしなくてはならない。

屋根はとても美しく、図面を描いた設計士が考えたように天井に板を張って隠してしまうのはもったいなく思えた。ぼくなら配管を隠す小さな空間だけをロフトにして、むき出しにする。

パトリックは注意深くはしごを下りて、朝食用のテラス部分に足を踏み入れた。そこは少なからず斜めになっていて、使うには大元から直す必要があったが、できないことではない。じゅうぶんな費用をかければ実現しそうなうえ、ほかにはない立地条件を考えればそうするだけの価値はある。

価値がなかったとしても、彼は気にしなかった。そのためにするわけではないからだ。

ではなんのためだ？　パトリックは細かく分析しようとはしなかった。答えを知りたくない気がしたからだ。

庭に出た彼は、頭を傾けて屋根を眺めた。スレートを再利用できるといいんだが。

二匹の犬を呼んでキッチンに戻ったときには、クレアが腰にジェスをのせながら哺乳瓶を温め、手で温度をたしかめていた。

「ぼくが抱っこしようか？」パトリックが手を伸ばすと、ジェスがうれしそうににっこりしたので、彼はクレアの腕の中から姪を抱き上げた。「おはよう、美人さん」そう言ってジェスの鼻の頭にキスすると、クレアがこちらを見て笑った。

「わたしに言ったのかと思ったわ」彼女がからかったとたん、空気に緊張が走った。

張りつめた沈黙のあとで、クレアは背を向けた。その頬がゆっくりと赤く染まるのを目にして、パトリックは静かに息を吸い、呼吸を落ち着けて離れた。

「昨日はよく眠れた？」あわてて沈黙を破ろうとして、クレアがきく。

彼はまともな返事をしようとあせった。「ああ……うん、大丈夫だった」そう言ってからうんざりした顔をする。間抜けな返事だ。だが、意外ではなかった。だんだんわかってきたことだが、クレアのそばにずっといると頭がうまく働かなくなるのだ。

欲望がかきたてられることは言うまでもない。

クレアは腕の内側でミルクの温度をたしかめ、哺乳瓶を振ってもう一度確認すると、パトリックからジェスを受け取ろうと振り向いた。

「ぼくが飲ませるよ」パトリックはやさしく言って哺乳瓶を受け取った。「きみは着替えてくるといい。ぼくがお茶をいれておく」

「助かるわ」クレアは階段をのぼって部屋に逃げ込んだ。シャワーはジェスが目を覚ます前に浴びたけれど、階下に戻る前に落ち着く時間がほしかった。

いったいどうしてあんなことを言ってしまったのだろう？　どうかしていたうえ、パトリックもわたしと同じくらい恥ずかしそうだった。最低だ。

それ以上ぐずぐずしている理由もないので階下に戻ると、パトリックとジェスが鼻を合わせて笑い合っていた。さっきまでは出ていってほしいと思っていたのに、納屋の改装が終わったら彼がもうこの家に泊まる必要がなくなるのが、クレアは恐ろしくなった。

パトリックとジェスの触れ合いを見られなくなるのはさびしいだろう。二人が互いを知り、愛情を抱く様子を目にするのは本当に楽しい。パトリックの両親はジェスをどう思うだろう？

「ご両親にジェスのことは話した？」クレアがたずねると、パトリックは首を振った。

「まだだ。DNA鑑定の結果が戻ってきて、すべてが正式に決まるまでは待つつもりだよ。きみはどう思っている？」

まだジェスを鑑定のために病院に連れていっていなかったので、クレアはうしろめたさを感じた。

「話してもいいんじゃない？　DNA鑑定は形式上でしょう？　あの写真があれば……」

パトリックはうなずき、口に入れたラズベリーを一粒、ジェスの丸くて小さなおなかに向かって飛ばした。「そうかもしれない」重いため息をつく。「だが、どう切り出せばいいかがわからないんだ。ウィルが亡くなったことを、二人ともひどく悲しんでいて、今でも話したがらないから」

「きっと喜ぶんじゃないかしら」

顔を上げたパトリックの目は悲しげで、クレアは初めて彼が乗り越えてきたものに気づいた。自分自身、よく知る感情だった――ショック、罪悪感、苦しみ、そしてたとえようのないうつろな悲しみだ。

「そうだな。二人ともすごく喜ぶだろう。今度、電話したときにでも言うよ。とりあえず、この子には新しいおむつと昼寝が必要だ。それから、きみといっしょに納屋を見ながら話したいことがある」

「わたしのお茶は？」そんな時間などなかったのを承知の上で、クレアはたずねた。

ジェスといっしょに階段に向かいながら、パトリックがいたずらっぽく笑った。「まだケトルに入ったままだ」そしてウインクをした。

クレアの愚かしい心臓が胸の中で引っくり返りそうになった。パトリックが階上に行ってしまうと、彼女は胸に手をあてて自分に言い聞かせた。

「ばかなことを考えちゃだめ！　彼はただ親しみを表しただけで、ウインクにも笑顔にも意味なんてないわ。あの人は男性だから、息をしたりテレビでサッカーを観たりするように、女性にはなれなれしくするの。特別な意味があると思い込んだら、あとでがっかりするだけよ」

そう、たとえあの笑顔がどんなにすてきでも……。

5

午前中、二人は納屋を細かいところまで見てまわった。クレアは子どものころの思い出をパトリックに話した。エイミーと二人で大おばのメグから隠れ、必死に二人を捜す大おばをよそに、くすくす笑いながら静かにと言い合った話もその一つだった。

結局大おばは警察を呼び、二人は大変な目にあったが、大おばはエイミーが泣き出すと二人を抱き締めて許した。それから三人で小さなパンケーキを作った。

パトリックに話しているうちにパンケーキの味がよみがえり、クレアは作ってもいいかもしれないと思った。ジェスがもっと大きくなったら、いっしょに料理をしよう……。

それから干し草置き場で猫が出産するのを、大おばと三人で徹夜して見守ったことや、十五歳のときに村で会った男の子が納屋までつけてきて、キスをされそうになったことも話した。

「わたしは叫んで逃げ出したの」クレアは笑った。

パトリックはかすかにほほえみを浮かべ、考え込むように彼女を見た。

「ぼくがキスしようとしたら、きみは叫んで逃げ出すか?」からかうようなやさしい声だった。

本気にするのはばかげている。クレアはなんとか笑ってみせた。「もちろんよ!」パトリックが試してくれればいいのに。彼から逃げ出すなんて考えられないけれど。

しかしパトリックは試そうとはせず、いたずらっぽくほほえんだ。「それがいい」そして彼女から離れ、壁のひびを調べた。パトリックがしゃがみ込んでその部分をよく見ている間、クレアはぽかんと口を開け、さっきの会話は夢だったのか、いいと言えば彼は本当にキスをするつもりだったのかと考えた。

「業者もそこのひびを見ていたわ」クレアは気を取り直して言った。「支えを増やしてひびは直さなくちゃいけないけれど、取り壊す必要はないみたい」

パトリックはうなずいて立ち上がった。「ひびの心配はしていない。もっとひどいものだってある」そして腕時計を見た。「犬を散歩に連れていく時間じゃないか?」

そのとおりだった。実現するはずもないキスを夢見るのは、おしまいにしないと。

これから十八年間、パトリックとは友達でいなければいけない。キスみたいなばかなまねをしたら、そんな関係が続けられなくなる。

とにかく、彼はわたしとキスをしたいと思っていない。ただ、からかっただけだ。男性は息をしたりサッカーを観たりするようにそうするのだから。もっと男性というものに慣れなさい。クレアはパトリックを追って家に戻った。

あんなふうにクレアをからかうなど、どうかしていた。だが、自分でも止められなかったのだ。

パトリックはジェスを抱っこして、クレアとともに犬の散歩に出かけた。家に戻ると、庭にブランケットを敷いて赤ん坊のおなかがすくまで遊ぶ。ミルクをあげてジェスを寝かしつけたあと、二人はクレアが作ったサンドウィッチを食べた。それから彼は書斎に行って予備の製図板の前に座り、納屋のアイデアをいくつか形にした。その間クレアは、すぐうしろのキッチンで働いていた。

開いている窓から、すぐ外にあるスイカズラに群がる蜂の羽音が聞こえる。その音がなんとも心地よく、クレアが午後に紅茶を持ってきてくれたとき、パトリックは座ったままぼうっとしていた。

「休憩中？」クレアがきいた。

パトリックはほほえんだ。「牧歌的な雰囲気にひたっていたんだ」その口調に皮肉はなかった。

「ここなら牧歌的な雰囲気には困らないわ」クレアが彼のそばのデスクに腰を下ろした。

パトリックは笑い、製図板から椅子を押しやって大きく手足を伸ばした。「腹がへったな」

「ケーキを作ったわ」

「知っているよ、においがしたから。あれは明日の分だから、と言ってぼくをじらすつもりだろう？」

クレアの口元に軽いほほえみが浮かんだ。「もちろん。どちらにしても、焼きたてのケーキを食べたら消化不良を起こすわ」

「じゃあ、どうしてケーキの話を出したんだ？」

「わたしがどんなに家庭的かわかってもらうためね」クレアはキッチンに戻った。

パトリックは紅茶を持ってあとを追い、クレアのそばに立った。彼女は焼きたてでしっとりしたジンジャーブレッドを大きく切り、パトリックの鼻に近づけた。

首を絞めればいいのかキスをすればいいのかわからなかったので、結局簡単なほうにした。クレアの手からケーキを取ってカウンターに置き、パトリックは両手で彼女の頬を包んだ。驚きで丸くなったクレアの目は、唇が重なると震えながら閉じられた。つつましく自制されたキスをするのは、彼にとって苦しいことだった。

「ぼくをじらした罰だ」その口調は少しぶっきらぼうだった。ケーキを取り上げたパトリックは紅茶を持って書斎に戻り、しっかりドアを閉めた。

クレアは呆然として書斎のドアを見つめた。そして、軽いキスにまだうずいている唇を指でなぞった。

いったいさっきのはなんだったのだろう？

クレアはその疑問を振り払い、自分にもケーキを一切れ切って紅茶といっしょに庭に運び、木の幹にもたれるように座ってさっきの出来事を考えた。

しばらくして、彼女は思った。あれはキスとは言えない。なのに、わたしは大事件のように思い込んでいる。ただの冗談なのに。

そう、冗談に決まっている。

しかし、笑う気にはなれなかった。芝生の上に顔から倒れ込み、欲求不満の叫び声をあげて手足をばたつかせたかったが、そんなばかなまねはできない。

クレアはただ座って、これから十八年間どうしようと思いつつ、諸悪の根源であるケーキを食べた。

翌週はあわただしかった。パトリックは仕事が忙しく、次から次へと起こる問題を片付けるのに必死だった。しかし、頭はあの納屋でいっぱいで集中できなかった。

何よりも先に、パトリックは設計士と話をしたかった。会社で十二時間から十五時間も働いたあと、彼は階上の自宅に戻り、週末の打ち合わせのときに設計士に見せられるよう、さらに二、三時間かけて納屋の図面を描いた。

金曜日の遅い時間に出発する準備ができたときには、設計士との打ち合わせは月曜日の午前中に決めてあったうえ、火曜日と水曜日は休めるように仕事のスケジュールも変更ずみだった。パトリックは何年も感じたことのないわくわくした気分で、スーツケースとドッグを車に積んで出発した。

駅までの道すがら、こんな遅い時間ではクレアもジェスも迎えに来られないだろうと思い直した。数日向こうに滞在するなら、車が必要になるという事情もあったので、彼はそのまま車で行った。

クレアには起きて待っている必要はないと言ったが、真夜中に私道に入るとリビングルームの明かりはまだついていて、彼女が椅子でぐっすり眠っているのが見えた。

窓辺でペッパーが尻尾を振って吠えた。するとクレアが立ち上がり、頭を振って眠気を振り払うと髪をかき上げ、あくびをしながらドアに走り寄った。

パトリックの胸の奥で何かがうずいた。欲望ではないが、関係のある根源的なものが――温かくて心地よく、まったく予想していないものが、つねに付きまとっている孤独や悲しみを追い払う。

「起こしてごめん」しかしクレアは眠そうにほほえんだだけで、彼は何も考えずに顔を寄せて唇で唇をかすめた。クレアが頬を赤くしてあとずさりをする。

「夕食は食べた？　煮込み料理を残しておいたから、よければ温め直すわ」

「食べてきたよ」パトリックは途中で立ち寄ったカフェの、ぱさぱさのケーキとまずいコーヒーを思い出した。「だが紅茶を一杯もらえるとありがたい」

「いれるわ」

パトリックは二匹の犬をしたがえ、クレアのあとについてキッチンに入った。クレアがケトルとマグの用意をしている間、彼は手足を伸ばし、カウンターにもたれかかってその様子を見守った。

会いたかった、と言いそうになったが、すんでのところでこらえる。「ジェスは元気かな？」

「元気よ。また歯が生えたの。これで三本目。笑うとすごくかわいいのよ」

それはクレアも同じだと思ったものの、パトリックは口にはしなかった。そして彼女のセーターが胸に張り付き、両手で包み込みたくなる丸みが浮き上がっているのを、じろじろ見るまいとした。

「眠る前に見てくるよ」パトリックはクレアの姿を視界に入れないように動いた。「歯が生えたほかはどうだった？」彼はなんとか普通の会話を続けようとした。

「そうね、月曜にフリーランスの仕事が終わって、火曜に納品したわ。相手は喜んでくれたみたいだから、また仕事をもらえるかもしれない。すてきでしょう？」

「きみは働かなくても――」

「いいの」クレアがきっぱり言ったので、パトリックはただにっこりしてそれ以上は何も言わなかった。

「あなたのほうはどうだった？」

パトリックは疲れたように笑った。「きいてくれてうれしいよ。とにかく一週間終わったし、ここの電話番号は誰も知らないから、来週は会社の誰かがなんとかしてくれるだろうな。ぼくは数日休みを取って納屋を調べ、設計士と話をするつもりなんだ。もしここに泊まってもかまわなければね」

いつもより長く滞在するなら、先にクレアに言っておくべきだったと今さらながら気づいたが、彼女は気にしていないようだ。それどころか、彼にしてほしいことがあるらしい。

「とても助かるわ。月曜の午後、ジェスの面倒を見てもらえないかしら？　四時に歯医者の予約があるのに、連れていくしかないと思っていたの」

「もちろんだとも」そう言ってしまうと、突然会話が途切れた。

クレアはしばらく黙ったまま、ティーカップの中を見つめていた。パトリックはそんな彼女を見つめながら思った。顎が少しとがっていること、鼻の上にそばかすがあることを、どうして今まで知らずにいたのだろう？

打ち合わせや電話会議で、オフィスに閉じ込められていたせいだ。どうして建築家が格好のいい仕事だと思われるのか、パトリックにはわからなかった。世間は建築家の現実を知らない。

ふいに彼は、自分がすべてに飽き飽きして疲れきっているのに気づいた。ぼくは何年も、まともに休暇も取らずに働き続けてきた。日本とニューヨークへの出張も、ウィルの遺体を引き取りにオーストラリアに行ったことも、休暇にはならない。

だったら、休みを取って納屋の改装の監督をしよう。会社のほうは、ぼくがいなくてもどうにかなるだろう。

「しばらく、ここに滞在してもかまわないかな？」

「しばらくって？」クレアはわけがわからないという顔をした。

「二カ月ほどかな。トレーラーハウスを置いてそこで暮らすから、泊めてもらおうとは思わない。納屋の改装を監督したいんだ。都会の暮らしから距離を置きたい」

「トレーラーハウスですって！　ああいうものは暑すぎるか寒すぎるかだし、このコテージには部屋があまっているわ。トレーラーハウスのほうがいいというならそれでもいいけれど、わたしに遠慮しないで」

眠たげで髪を乱したクレアを見たパトリックは、二カ月もここで過ごしたらどうなるだろうと思った。彼女に触れないでいられるだろうか？　自制するしかない、と考えて彼はひそかにため息をついた。

そうだ、改装作業で少し肉体労働をすれば、欲望も抑えられるのでは？　もし明るかったら、今すぐそうしたいくらいだ。しかしもう暗いから、明日まで待たなければいけない。また長くつらい夜が始まると思って、パトリックは絶望のこもった笑い声を噛み殺した。

ああ、クレア、きみが知ってさえいたら……。

翌朝、納屋の改装に取りかかる前に、パトリックはもうそれ以上は延ばせず、ケンブリッジシャーにいる両親に電話した。「話したいことがあるんだ。一時間後くらいに行きたいんだが、家にいる？」

「あなたが来るというなら、もちろんいるわ」母が言った。「楽しみにしている」

真実を知ったときにもそう思うかどうか、パトリックにはわからなかったが、電話で話せる内容ではない。彼は階下に行って、クレアを捜した。彼女ははさみで狭い前庭の芝生を刈っていた。

「何をしているんだ？」

「芝生を刈っているの。そう見えない？」

「芝刈り機を直していないのか？」

「ええ。直すにはかなりかかりそうだから、しょうがないわ。となると、はさみでも使うしかないじゃない？」

パトリックは家に戻り、電話帳を探して地元にある芝刈り機の販売店の電話番号を調べた。「やわらかい地面でも使える、大きなタイヤの付いた小型のトラクター型芝刈り機がほしいんだが」

相手が候補を挙げたので、彼は刈った草を回収する機能付きのものを選んだ。ジェスが芝生の上を這ったとき、草だらけになるのは困る。

パトリックは相手に住所を告げ、クレジットカードで支払いをして配送を頼んだ。「今日は無理かな?」相談する声が聞こえ、とんでもない割増料金を提示されて、話は決まった。

彼はクレアのもとに戻った。「新しい芝刈り機を頼んだよ。すぐに配送される予定だ。気に入らなかったら送り返して、好きなのを選ぶといい」

クレアはむっとした。「あなたって、自分でなんでも解決するのが好きなのね」

パトリックはため息をつき、また喧嘩をするのはごめんだと思いつつ髪をかき上げた。「たかが芝刈り機じゃないか。ぼくたちに必要なだけだ」

「わたしにとっては大ごとだわ!」

あくまで自立を貫こうとするクレアにいらだち、パトリックはじっと彼女を見た。クレアはずっとこうなのだろうか?「どうしてだ?」彼はいらだちを声に出すまいとした。「這いつくばって、はさみで芝生を刈るのがそんなに好きなのか?」

「山羊を飼ってもいいけれど」

「いいアイデアだ。また養う口が増える」

「山羊は草を食べるわ」

「山羊はなんでも食べる。きみのスイカズラも、薔薇も、木の幹も、メグおばさんが植えた植物も全部ね。それなら芝刈り機のほうがいい。別に恩を着せようってわけじゃない。ぼくも使うんだ。きみに貸す形でもいいんだよ」

クレアはため息をついて視線をそらした。その目は太陽の光を浴びて光ったように見えた。

涙だろうか? そうであってほしくない。女性が泣く姿には耐えられないのだ。女性の涙は見せかけなのか本気なのかよくわからないが、クレアの場合は本物に違いない。だから、よけいに始末が悪かった。

クレアを慰めることはできそうにない。どうやら、悪者はぼくらしいからだ。

「これから両親に会いに行って、ジェスのことを伝えるつもりだ」パトリックはクレアの隣にしゃがんだ。「二人ともジェスに会いたがるだろう。家はここから一時間ほどのところだから、帰りにいっしょにここまで連れてきて、みんなでどこかへ行ってランチをとろうと思っている」

クレアが恐怖のこもった目で彼を見つめた。「ご両親をここに？　いきなり？　とんでもない！」

はじかれたように立ち上がり、クレアははさみを放り出して家に駆け込んだ。そのあとを追うと、彼女はキッチンで半狂乱になってものを片付け、カウンターを拭いていた。

「もう二度とそんなことは言い出さないで！　ここを見てよ！」

パトリックはあたりを見まわしたが、何がおかしいのかわからなかった。男だからわからないのだろう。このままでいいと思ったものの、今のクレアにそう言っても好意的には受け取られないはずだ。

「じゃあ、ジェスを連れていってもいいか？」そう言うと、クレアににらまれた。

「だめよ。必要以上に長時間、車に乗せたくないの。それに、いきなりジェスをご両親の膝の上にのせる前に、ちゃんと話をしたほうがいいわ」クレアの口調がやわらいだ。「きっとショックだろうから。つらい思いをするに違いないわ」

「そうだな」パトリックはクレアを悲しげに見つめた。「すまなかったよ。何も考えず、両親に電話してしまったんだ。もっと早く知らせるべきだったのに、その気になれず、延ばし延ばしにしていたんだが、もう限界だと思った。悪かったよ。きみに先に言えばよかったな」

クレアは首を振った。「大丈夫。家をきれいに掃除するのも悪くないから。ジェスが眠っている今のうちにここをぴかぴかにして、目を覚ましたら椅子に座らせて、その間にリビングを掃除するつもり。そのときまで天気がよければ、外でおもてなしをしてもいいわね。ランチをどこかで食べる必要はないわ。わたしが何か作るから。ご両親に、孫娘の面倒をろくに見られないとは思われたくないの」

パトリックはクレアを抱き締めたくなったが、彼女の最後の言葉が少し緊張していたので、ただ礼を言ってすみやかにその場を離れた。

「赤ちゃんですって？　まあ！　お母さんはどんな人？　あなたは知っているの？　前に会ったことはある？　ウィルに特別な人がいたなんて……」

「相手は亡くなった」そう言うと、母の顔にはまたショックが浮かんだ。

「亡くなった？」

くわしい話はしたくなかったので、パトリックはただうなずいた。

「残念だわ。その子は男の子なの、女の子なの？　誰が育てているのかしら？」

「女の子で、ジェスというんだ。育てているのはおばのクレア・フランクリンだよ。ジェスの母親のエイミーは、クレアの妹だったんだ」

パトリックの母は目に涙を浮かべて、夫をすがるように見た。「ねえ、ジェラルド。うちで引き取れないかしら？　その子に家庭を与えられるわ」

パトリックは首を振った。「母さん、それは無理だよ。あの子には家庭が、クレアとの家庭がある。ぼくも週末にはいっしょに過ごしている。クレアのコテージの隣にある古い納屋を買い取って、改装するつもりなんだ。そうすれば週末ごとに滞在して、ジェスの面倒を見られるからね。母さんもそこを使えばいい。ときどきはこっちに連れてきてもいいが、ジェスを引き取ることは考えないでほしい」

「どうして？」

「もうそんなとんでもないことを始める年じゃないからさ」パトリックの父が言った。「仕事を引退して自由になったのに、赤ん坊に縛り付けられるのは困る。だいたい、誰にとってもフェアじゃない。若い二人がしっかり手綱を握っているんだ。この子たちにはその子を育てられる力がある。わたしたちと違ってね」

母がしょんぼりした。「でも……その子は孫娘なのよ。ウィルの子なのに……」

小声で泣き出した母を、ウィルは隣に座って抱き締めた。

しばらくすると母は背筋を伸ばし、パトリックの顔を探るように見た。「ジェスはウィルに似ている？」

「いや、そうでもない。母親のエイミーに似ているかな」

「そう。亡くなったなんて、本当に残念だわ。何があったの？」

パトリックはためらったものの、細かい部分は省いて二人に話した。

「それでおまえは罪悪感を覚えて、赤ん坊のために奔走していたんだな」

パトリックはため息をつき、髪をかき上げた。「そうとも言えるし、そうじゃないとも言えるな。ジェスは本当にかわいいんだ。子どもをかわいいと思う日がくるなんて考えたこともなかったが、あの子は本当に……最高だよ」

「会いたいわ」母が声をあげた。

パトリックはにっこりした。「そう言うと思っていた。クレアがランチを用意してくれているんだ」

　突然、二人分の食事を追加で用意するなんて、どうすればいいだろう？　クレアは冷蔵庫の中身を全部テーブルに並べて考えたあげく、いらないものをまた冷蔵庫に戻した。

　振る舞うのはキッシュにしよう。ベーコンとトマト、アスパラガス、そして庭のハーブと野菜畑の新じゃががあるから。自家製の野菜でサラダを作るにはまだ時期が早いが、昨日スーパーで買っておいた野菜を使えばいい。

　デザート用に、クレアは冷凍庫からアップルパイを取り出した。コテージの裏でとれたリンゴで作ったパイは、電子レンジで解凍して、オーブンで焦げ目をつけるつもりだった。

　このパイ料理二つが、短時間でできるせいいっぱいのメニューだ。

　いろいろなものを切ったり刻んだりしているうちにふつふつと怒りがわき上がり、クレアはパトリックを苦しめる方法を何通りも想像した。ゆっくりと時間をかけたやり方がいい。

　ベーコンと野菜をパイ皮に入れて広げ、卵とチーズ、牛乳を混ぜたものを上から注ぎ、生のハーブを散らす。さらに上にチーズをのせると、クレアはそれをオーブンに入れた。

　次はリビングルームをなんとかしなければ。

　ところがジェスが泣き出し、ミルクをあげてもおむつを替えても泣きやまなかった。また歯が生えているからむずかっているのだとクレアは思い、腰で姪を抱っこしたまま、片方の手でざっとリビングルームを片付けた。

　やがて、クレアがそれ以上悩む間もなく、パトリックの車ともう一台の車が私道に入ってきた。クレアが玄関に向かうと、二匹の犬が先に走っていき、心配そうなペッパーをよそにドッグは尻尾を振りながらパトリックからその両親へと走り回った。

　クレアは突然ばかみたいに不安になり、戸口に立ちつくした。ジェスは彼女の脇腹に顔をうずめて泣いていた。

「泣かないで。みんな、あなたに会いに来たんだから」クレアが小声で言っても、ジェスはおとなしくならなかった。

　クレアはすがるようにパトリックを見た。「ジェスはまた歯が生えているみたいなの」すると、パトリックは手を伸ばしてジェスを自分の胸に抱き上げ、やさしく背中を撫でた。

「大丈夫だよ。パトリックおじさんが帰ってきたからね」

　パトリックの母は口に片方の手をあて、目に涙を浮かべてその様子を見つめていた。彼は、ジェスが祖父母を見られるように向きを変えた。

「母さん、父さん、この子がジェスだ」

　ジェスは茶色い目を皿のようにして二人を見つめていたが、それから唇を震わせた。

「あら、歯が生えそうなのね」パトリックの母はそう言ってジェスを抱き上げ、歌を歌ってやりながら庭を歩きまわった。

「父さん、こちらがクレアだ」

　パトリックの父はクレアの手を取った。息子にそっくりな澄んだ緑色の目が、やさしそうに彼女を見つめる。

「会えてうれしいよ。ジェラルド・キャメロンだ。あれは妻のジーン。いきなりこんなふうに訪ねてきてすまないね。親切にも、ランチをごちそうしてくれるそうじゃないか」

「いいんです」〝ランチ〟という言葉を聞いて、クレアははっとし、目を見開いた。「失礼して、オーブンの様子を見てきますね」

　クレアは走らんばかりにしてキッチンに急ぎ、オーブンの扉を開けて、ぎりぎりでキッシュを取り出した。かわりにアップルパイを入れ、じゃがいもをゆでると、ケトルに水を入れた。

背後にパトリックが現れ、クレアの肩越しにのぞき込んだ。

「うまそうだな」

「もちろんよ」料理が焦げていなかったので、クレアは自信たっぷりに言った。「ジェスはどう？」

「おとなしくしている。母は子どもをあやすのが得意なんだ」パトリックは言葉を切った。「今日のことだが、ありがとう。二人ともショックを受けていたものの、さっそくジェスには会いたいと言ったし、こうして会わせたらうまくいった。二人とも感謝しているよ。ぼくも感謝している」

「いいのよ。わたし、あなたのお父さんが好きだわ。あなたによく似ているのね」

「逆だと思うが」パトリックが笑顔で言った。「で、どこで食べる？」

「庭は？　テーブルと椅子を外に出して、リンゴの木の下に置けばいいわ。そうでなければここか、ダイニングルームだけれど、ちょっと暗いかもしれないわね」

「じゃあ、外にしよう」

パトリックはそう言い、テーブルを持ち上げて運んだ。

「芝刈り機は来たか？」二度目に家に戻ってきたとき、彼が立ち止まってたずねた。

クレアは首を振った。「いいえ。配送は今日じゃないんでしょう？」

ちょうどそのとき、パトリックの父がドアから顔をのぞかせた。「芝刈り機を積んだトラックが来ているぞ」その言葉を聞いてパトリックは椅子を下ろし、クレアを外に連れ出した。

彼女は、きっと役に立たない芝刈り機が来たのだろうと思っていた。大きすぎるうえに、川沿いの傾斜地で使うには安定感に欠けていて、タイヤはやわらかい地面には合わないくらい細いのだろうと。

ところが実際は違った。やってきたのは彼女が持っていた芝刈り機の最新型で、完璧な一台だった。しかも刈った草は回収できるので、ジェスが草だらけになることもない。お金さえあれば、クレアもこれを選んでいた。

「どうかな？」

クレアはうなずいた。なぜか胸が苦しい。芝刈り機を買ってもらったくらいで！「申し分ないわ。ランチのあとで試してみるわね」クレアはそう言うと、パトリックの父の笑い声を背中で聞きながら、廊下を通ってキッチンに戻った。

6

ランチは大成功だった。

ジェスはずっと祖母の膝の上にいて、突然の来客の視線を浴びながら、プラスチックの輪をせっせと嚙んでいた。天気がよかったので、庭にいると屋外パーティを楽しんでいる気分になれた。

パトリックは、ひそかに安堵のため息をついて座り直した。クレアはうまく立ちまわっているし、両親は立ち入った質問をせず、ジェスはおとなしい。これ以上は望めない状況だ。

料理はうまかった。手の込んだものではないが、新鮮な材料を使った素朴なキッシュとアップルパイと野菜サラダを、外の空気の中で食べるのは何にもまさった。

この食事には、不思議なほど人を満足させる何かがあった。たぶん、基本に立ち返った満足感だろう。農夫が困難に負けずに、土を相手に仕事を続ける気持ちが理解できる。

別に危うい生活にあこがれているわけではないが、もっとシンプルな暮らしもいいのではないかと、パトリックはつねづね考えていた。現代人のせわしない生活と、自分の手で食べ物を集める大昔の生活との間には、ちょうどいい妥協案があるはずだ。

鶏を飼うのもいいかもしれない、とパトリックはぼんやり考えた。いや、やっぱりだめだ。ぼく自身があまり来られないから、クレアの負担になってしまう。しかし、彼はその考えに惹かれていた。ジェスが大きくなったら、餌やりを手伝ってくれるだろう。きっとそうするのを気に入ってくれるはずだ。

パトリックは笑い出しそうになった。ジェスがそんなに大きくなるまでには、まだまだかかる。彼の目は自然とジェスのほうを向いた。

ジェスはプラスチックの輪を噛むのをやめ、テーブル脇のベビーベッドですやすや眠っていた。パトリックと目が合った母が、涙を浮かべてほほえむ。どうしてぼくは、ジェスのことを打ち明けるのを五週間も遅らせてしまったのだろう？

両親はジェスと会えたのをとても喜ぶと同時に、クレアに好感を持っていて、パトリックは大きな安堵を感じた。両親がクレアを好きになって信頼してくれれば、ジェスの子育てを安心して任せるだろう。そうなれば、ぼくにしょっちゅう口出しをすることもないはずだ。

クレアと母がジェスの睡眠のとり方について話し合っている間、パトリックは父と視線を合わせた。父は納屋のほうに頭を振ってみせた。

「あれが現在の案件か？」父が小声でそうきいたので

で、パトリックはうなずいた。

「そうだよ。見てみる?」

父がうなずいたので、パトリックはクレアに目をやった。「ちょっとはずしてもいいかな?」

「ええ。お茶とコーヒーなら、どっちを用意しておけばいい?」

「どっちでもいいよ、ありがとう。すぐに戻る」

父と息子は納屋のほうに歩いていき、パトリックは扉を開けた。蝶番と扉についている重いローラーに油を差したので、最初よりは楽な作業だった。

父は考え込むようにあたりを見まわしてうなずいた。

「うん、おもしろそうだな。景色はどうだ?」パトリックが別の扉を開けると、父がいたずらっぽく笑った。「当然といえば当然だな。おまえは昔からいい景色に目がなかったから」そして、そ知らぬ顔で続けた。「で、おまえはここに移って、クレアの隣に住むわけだ。あの子はいい子だよ」

何も知らないふりをしていても、父が言いたいことはよくわかった。「ジェスの隣にだよ。週末だけだけどね」パトリックはそう言ったが、父のほほえみは消えなかった。

「さあ、どうだかな」

父の言葉に、パトリックは天を仰いだ。「父さん、これはジェスとウィルの話で、ぼくとクレアの話じゃない」

「もちろんだ」もう一人の息子の名前を聞いて、父の笑顔は消えた。

おかしな話だ、とパトリックは思った。サフォークに移って納屋を改装しようと思ったことがどの程度ジェスと関係があるのか、本当はクレアのためではないのか、自分でもわからないとは。しかし、すべてはジェスの幸せのためで、うしろめたい理由などないと自分には言い聞かせてきた。

ジェスのおばに関係あるはずがない。クレアはぼくに興味など持っていないし、ちょっと距離を縮めたらすげなく拒絶された。先週納屋で、キスをしたら逃げるのかと、ばかなことをたずねたときもはねつけられた。

クレアの返事は〝逃げる〟だったのに、ぼくはそのあとジンジャーブレッドのせいでキスをしてしまった。彼女の唇の感触は今も記憶に焼き付いている。だが、クレアは叫びもせず逃げもしなかった。

パトリックは納屋に関心を示す父のために、図面を車から取ってきて、新品の芝刈り機のボンネットの上に広げた。

「ここにいたのね」しばらくすると、ジェスを抱いた母が納屋に入ってきた。

パトリックは振り向いてほほえんだ。「ごめん。父さんに図面を見せていたんだ」

「クレアがお茶をいれてくれたの。いっしょに戻りましょう」

パトリックはうなずいて図面を丸めた。「で、どう思う？」

「かわいいと思うわ」

「ジェスのことじゃなくて、納屋のことだよ」

「わたしはクレアのことを言ったの」

ああ、ここにも誤解している人がいる。

「母さん、ぼくとクレアはジェスでつながっているだけだ。ぼくたちは友達であって、それ以上でも以下でもない。これからもずっとそうなんだ」

彼が扉のほうを振り向くと、クレアがいた。両手でトレイを持ち、けげんそうな顔をしている。

「戻ってこないから持ってきたの」その口調は軽かったが、目の表情は読み取れなかった。

「まだ来たばかりじゃないか」

「じゃあ、持って帰るわ」クレアは背を向け、私道を横切ってコテージの中に消えた。

「リビングに戻りましょう」そう言うと、母は息子が見ていないと思って、父にさっと視線を投げた。

パトリックはため息をついた。なんてことだ。縁結びを始めようというのか。ぼくとクレアの仲がぎこちなくなってしまう。

彼はうんざりして首を振った。両親の助けなど必要ない。ぼくには自分の力だけで、クレアとの関係を台無しにしてしまう予感があるのだから！

何を期待していたんだろう、とクレアは自分に問いかけた。パトリックが手の届かない相手なのはわかっていたのに。

でも彼にはキスをされた。そう考えたところで、クレアは想像力がたくましくなるのをこらえた。あれは唇が軽く触れただけだ。とにかく、昨夜はそうだった。けれど一週間前のジンジャーブレッド越しのキスは、軽く触れ合う以上だった。

とはいっても、たいしたキスじゃない、とクレアは自分に言い聞かせた。恋人がいないからって考えすぎだ。もっと外に出て、人に会わなくては。

「パトリックの改装案をどう思った？」一同がリビングルームで紅茶を飲んでいたとき、ジェラルドがたずねた。

改装案については、まだ見せてもらっていない。しかしクレアは傷ついた気持ちを隠し、軽く肩をすくめた。「まだ見ていないんです。わたしには関係ないし、時間もなかったし。昨日、パトリックが来たときは時間が遅くて、今朝は――」

「いきなり来客の食事の用意をしなくちゃいけなかったのよね。お料理、本当においしかったわ」ジーンが言った。「お手数をかけてごめんなさいね」

「そんなことはいいんです」パトリックが納屋の改装案を教えてくれない落胆にふたをして、クレアは言った。「お二人に会えたのも、ジェスにも会ってもらったのもうれしかったですから」

ジェスは哺乳瓶を手にし、祖母の膝の上で抱っこされていた。クレアは、どうしてパトリックの両親に会うのが不安だったのだろうと不思議になった。ジェスを取られると思った？　けれど二人に会った今では、もしジェスを引き取りたいと思っていたとしても、奪うつもりはないのがわかる。自分たちの子育ての経験から、キャメロン夫妻はよく考えたすえに、ジェスをわたしに託すことに決めたようだ。

そうでありますように。彼女は祈った。

「わたしも図面を見たいわ。パトリック、披露しながら説明してちょうだい」ジーンが言った。

「まだ大ざっぱな、ぜんぜん形になっていないアイデアなのに？」

「建築家の報告書を読みたいわけじゃないの。あなたの頭の中に、どんなアイデアがあるのか知りたいだけ」そう聞いたパトリックはいたずらっぽく笑い、立ち上がって書斎から図面を取ってきた。

そして図面を床に広げ、絨毯（じゅうたん）の上に膝をついて、自分のアイデアを説明した。

クレアは同じ建物に対してこんなに違うデザインがあることに驚き、今まで図面を見せてもらえなかった悔しさも忘れて、すっかり魅了された。

パトリックのデザインでは納屋は明るく広々としていて、高い屋根ができるかぎり天井裏まで見えるようになっていた。前の案とは違い、部屋数が減って一部屋が広くなっている。

パトリックがクレアの心を読んだように言った。

「住むのはぼくとジェスだけで、ときどき誰かが泊まりに来るくらいだから、部屋数はそれほど必要ない。それよりも広々した感じを出したかった」

「これは？」ジーンが、最初はなかった場所にざっと描かれた部分を指さした。

「駐車場と部屋――アトリエかな？　ジェスがもっと大きくなって学校の長期の休みに入ったときは、

ぼくもこっちで仕事をするだろうと思ったんだ」

その場合を考えてどきりとしたクレアは、アトリエの部分を見直した。そこは景色を楽しめる家の裏にあり、コテージからは見えない。

仕事中のパトリックの姿は見えない。そう思うと、不思議と彼女の心は沈んだ。

それでも、彼がアトリエをそこに造る理由はすぐにわかった。景色がすばらしいからだ。もし納屋がなければ、コテージの書斎からも同じ景色を見ることができただろう。

わたしの夢が実現していたら、納屋にアトリエを造ってそこから景色を楽しめたはずだけれど、しょせんかなわない望みだ。そのことはよくわかっている。クレアは後悔という小さな痛みを無視し、パトリックのお金と協力のおかげで自分の人生がどんなに変わるかを考えようとした。

もう一人で悩んだり、もがいたりしなくてもいい。

それに、週末ごとに彼に会える。

すると胸がどきどきしてきて、クレアはばかなことを考えてはいけないと自分に言い聞かせた。

〝ぼくたちは友達であって、それ以上でも以下でもない。これからもずっとそうなんだ〟

ああ、最低だ。

芝刈り機の性能はすばらしかった。操作は簡単でエンジンもかけやすく、以前のものからは大きく改良されていた。パトリックは納屋から芝刈り機を出し、操作手順書をたしかめてから前庭を刈り始めた。

その作業が終わるとコテージの横を回って裏に移動し、前日にランチをとったリンゴの木と、いずれはジェスのためにぶらんこを吊るそうと思っている大きなオークの木のまわりの草を刈った。

それから十分ほど、自分が通ったところを何度もたどり直して刈りこぼした草をきれいにしていると、クレアが戸口に現れ、腕組みをして思わせぶりな笑みを浮かべた。

「なんだ？」パトリックは間抜けな気分できいた。

クレアが肩をすくめる。「わたしはいつも向こうから始めるの。そうしないと難しいから」彼女が納屋のほうを指さし、パトリックは奥歯を噛み締めた。

「ぼくもそう思ったんだ」彼はエンジンを切った。「どうだろう、きみが手本を見せてくれないか？　ここはきみの庭で、ぼくは侵入者みたいなものだからね」

クレアはパトリックよりずっと優雅に芝刈り機の運転席に座り、キーをさっとひねってエンジンをかけると芝生の上を走り出した。あっという間に芝生がきれいになるのを見て、パトリックはむっとした。

しかしそんないらだちも、でこぼこの地面でクレアの胸がはずみ、やさしく波打つのを見て消えた。

パトリックはうなり声をあげて目をそむけた。自分を苦しめる方法なら、ほかにもいろいろある。彼は書斎に入り、きっぱりと窓に背を向けると、製図板に図面を広げた。

納屋の改装についてクレアがほとんど何も言わなかったことが、少し――いや、かなり気になっていた。彼女が興味を示してくれず、パトリックは傷ついていた。

〝わたしには関係ない〟とクレアは言った。そのせいで彼の興奮は薄らいでいた。

しかしなぜだろう？　クレアのためにするわけではなく、実際彼女には関係ないことなのに。興味が持てないのは、納屋を売らざるをえなかったことをまだ残念に思っているせいかもしれない。

しまった、その点は思いつかなかった。考えておくべきだった。

パトリックは椅子をくるりと回し、窓の向こうで芝刈り機を運転するクレアを眺めた。

本当に美しい女性だ。二人がこれほど束縛の強い関係でなければよかったのに、という思いがまたパトリックの頭に浮かんだ。だからこそ、欲望みたいに一時的で意味のないもので、波風を立てる危険は冒せない。

しかしパトリックは、自分の気持ちが一時的なものだと思えずにいた。むしろ、ほど遠い。日がたつごとに彼はどんどんクレアに魅了されていて、手を伸ばさずにいることが難しくなっていた。

芝刈り機がまたでこぼこにぶつかり、クレアの胸が揺れた。パトリックはうんざりしたうなり声をあげて椅子を製図板のほうに戻し、集中しろと自分に言い聞かせた。明日は設計士との打ち合わせがある。クレアの体に触れたらどんな感じだろうかと、想像している暇などまったくない！

「芝刈り機の乗り心地はどうだった？」

パトリックの言葉がどこかぶっきらぼうに聞こえたのは気のせいだろうか？「よかったわ」そのときクレアは、パトリックがいたずらっぽく眉を上げたのに気づいた。

「それだけか？」

クレアはあきれたような顔をした。「わかったわ、最高だった。どうもありがとう。本当に気に入ったわ。あなたって完璧ね。これでどう？」

パトリックが笑った。そのやさしい響きは彼女の肌をざわめかせ、膝からも力を奪った。

彼がもたれていた書斎のドアから離れ、ポケットに手を入れて、少し難しい顔をしつつキッチンに入ってきた。「その……実は図面に手を入れていたんだ。きみも見たいんじゃないかと思ってね」

どきりとしたクレアは、ケトルに水を入れて自分を落ち着かせた。「あなたがそうしたいなら」よけいな詮索をしていると思われたくなくて、クレアはそう言った。もう自分の納屋ではないし、関係ないからだ。

いいえ、そんな言い方はやめよう。納屋は売るしかなかったのだから。なんのセンスもない、パーティ三昧のティーンエイジャーのいる、うるさい家族が買うくらいなら、留守がちの有名な建築家のほうがいい。

とはいっても……。

「クレア？」

顔にほほえみを貼り付けてクレアは振り向いたが、パトリックの顔にほほえみはなかった。彼はじっとクレアを見て、頭を振った。

「すまない。ぼくにデリカシーがなかったよ。納屋の改装はきみの夢だったのに、ぼくが奪ってしまった」

「いいえ、それは違うわ。あれはただの夢で、現実に奪われただけ――現実とエイミーにね。でも、妹を責める気にはなれないわ」クレアは涙がこみ上げるのを感じた。「エイミーだってわざと――いいえ、なんでもない」

彼女は言葉を切って家を飛び出し、いつも避難場所にしていた納屋に走っていったが、もう自分のものではないことを思い出した。わたしはいったいどこで心の傷を慰めればいいのだろう？

すすり泣きがもれそうになり、クレアは納屋の壁にもたれると、口に手をあてて泣き声を抑えた。

そんなことをする必要はなかった。パトリックがすぐうしろにいて、彼女をそっと抱き寄せ、胸の中で存分に泣かせてくれたからだ。

「いいんだよ、きみのせいじゃない。きみはできることはした。彼女は自分で自分をだめにしたんだ」

そのときクレアは、自分が納屋ではなく、エイミーのために泣いているのをパトリックが知っていることに気づいた。彼女は慰められる贅沢に身を任せ、妹パトリックの腰に両手をぎゅっと回した。

泣きたい気持ちが過ぎ去っても、クレアはしばらくそのまま彼のたくましい腕、頬の下の硬い胸板、両脚をはさむ脚の感触を味わっていた。

パトリックは納屋に寄りかかっていた。クレアは手首に煉瓦を感じたので、そっと彼の背中から腕を離し、少し体を起こした。

しかしパトリックは解放してくれず、腕をゆるめただけで、両手をクレアの腰に置いた。それから探るように彼女の顔を見た。

「わたしを見ないで。ひどい顔だから」クレアは手の甲で頬をぬぐった。彼はほほえんでポケットからティッシュを取り出し、クレアの目と鼻を拭いて、また抱き寄せた。

「もう大丈夫か？」

そうたずねられたクレアは、パトリックの目を避けてうなずいた。

パトリックはクレアの背中から片方の手をどけ、もう一方の手で抱き締めたまま、指で彼女の顎を上に向けた。「きみがどんな気持ちなのかはわかる。ぼくにも経験があるからね。覚えておいてほしいのは、彼女は大人で、きみは妹の見張り番じゃないってことだ」

クレアはうなずいた。彼が正しいのはわかっていたものの、まだ納得できなかった。

「考えてはだめだ」パトリックが顔を寄せ、キスをしたので、クレアの悩みはそこで断ち切られた。

軽くて抑制のきいたキスはプラトニックとは言えないが、情熱があふれているわけではなかった。

プライドなど捨ててパトリックにしがみつきたくなるのを我慢し、クレアはそっと離れた。そしてゆっくりと、しかしたしかな足取りでコテージに戻った。パトリックもあとからついてきた。触れることはなかったが、彼女が少しでも手を伸ばせば触れられる距離にはいた。

「ジェスが泣いている」パトリックがそう言って、クレアより先に行ってしまった。ジェスは昨日の疲れから、今日はずっと寝ていた。いったいいつ起きたのだろう？

クレアはひそかにうめいた。パトリックの体は硬くてたくましく、とても男らしかった。キスはおとなしかったけれど、彼の体は反応していた。彼女も同じだったが、さいわい表には出ず、自制心を失ってしまう直前にパトリックから離れられた。

パトリックもただの男性だから、もしわたしが身を投げ出したら受け入れないとは思えない。だからといって、意味があるわけじゃない。彼はほしい女性なら誰でも手に入るような男性だから、ただわたしが傷つくだけだろう。

それなら、パトリックから離れるだけの分別があって本当によかった。

どうしてあんなふうにキスをしたのだろう？

正確に言うと、そもそもどうしてキスをしたんだ？　クレアはあまりに近いと同時に、あまりに遠い女性だ。ああ、本当にばかだった。

ジェスの泣き声を聞いて、パトリックは小さな顔に目を戻した。「ジェス、どうしたんだ？　おなかがすいたのかな？　おむつが濡れているから、パトリックおじさんが替えてあげよう」

クレアはキッチンで紅茶をいれていて、ジェスのミルクもテーブルに用意されていた。そばにはシリアルのボウルとビブもあった。

「ジェス、シリアルだよ」彼はジェスの首にビブをかけて膝の上に座らせ、シリアルを食べさせた。手際がいいのは、慣れたおかげだ。

パトリックはジェスの口にシリアルのスプーンを入れて顔を上げた。すると、クレアがスプーンをくわえるかのように口を閉じた。彼が眉を上げると、クレアは赤くなってマグのほうに目を向けた。

「反射的にそうしたの。あなただってなるわ」

「ぼくはならない」だがその直後、ジェスに合わせて口を動かしている自分に気づく。しまった！

クレアが笑った。楽しそうな彼女の声がうれしくて、パトリックも笑った。あとで何か仕返ししないといけないな。

今はとにかく、シリアルをシャツではなく、ジェスの口に入れることに集中しなくては。

そのとき、ジェスがもういいと思ったらしく、大きなラズベリーとシリアルを吐き出した。

クレアがまた笑い、ジェスもかわいらしい笑い声をたてた。パトリックは屈辱も忘れ、いっしょになって笑った。

足元では二匹の犬が散らかった食べ物をなめ取り、猫は遠巻きに様子をうかがい、リンゴの木では鳥がさえずっているのが聞こえた。

ここは天国なのか？

それに近いと、パトリックは思った。だが、そう思うのは幻想にすぎない。ぼくは膝に兄の子どもをのせ、足元には兄の犬がいて、隣には兄の恋人の姉がいる。そして、兄が生きるはずだった人生を生きている。

くそっ、ウィル、ここにいるはずなのはおまえとエイミーだ。クレアとぼくは――なんだ？　どこにいる？　とにかく、ここでいっしょに顔を突き合わせていることはなかった。

パトリックは短いため息をついて立ち上がり、クレアにジェスを渡した。

「着替えてくるよ。すぐ戻る」そして使っている狭い部屋に入り、閉めたドアにもたれかかった。

エイミーとウィルが生きていたら、ぼくとクレアは対等な立場で出会い、もしかしたら関係を持っていたかもしれない。相手の出方をうかがうことも、手に入らないものを望むこともなかっただろう。

少なくともぼくは手に入れたいと望んでいるが、クレアが望んでいるかどうかはわからない。クレアはぼくに興味がない。もしあれば、キスをされてもそのまま歩き去らずに、キスを返していたはずだ。

ああ、なんてことだ。

パトリックはシャツとジーンズを着替え、髪についたシリアルを洗い流して階下に戻った。クレアは椅子に座り、ジェスにミルクをあげていた。

「ランチにスープはどう？」クレアにたずねられても、彼はこれ以上ここにいられなかった。

「腹はへっていない。犬を散歩に連れていくよ」パトリックは返事を待たずに口笛を吹いてペッパーとドッグを呼び、リードを持って外に向かった。

7

驚いたことに、翌朝パトリックはクレアを設計士との打ち合わせに誘ってくれた。

驚いたのは、昨日散歩から戻ってきて以来、彼の様子がいつもと変わっていたことだ。正確にいうと、ジェスが吐き出したシリアルで服が汚れ、二階に着替えに行ったときからおかしくなった。

キスのせいだろうか？　クレアには理由がわからなかった。わかっているのは、パトリックにときどき心を読まれてしまうことだ。けれど彼女にパトリックの心は読めず、困っていた。

それでも今、パトリックの言葉は単純だった。

「ジェスを連れてきても何も言われないだろうし、

きみの土地だ。いっしょにいてくれたほうが、うまくいくと思う。設計士が何を提案するか、きみも興味があるだろう」

クレアは慎重にうなずいた。「ええ、興味はあるわ。わたしがいても、何かが変わるとは思えないけれど。あなたみたいな人に比べれば、わたしの言うことなんて、ほとんど意味がないはずだから」

「ぼくみたいな人だって?」

パトリックの唇が皮肉っぽくゆがんだ。

クレアは彼の視線をまっすぐ受け止めた。「言いたいことはわかるでしょう」

「わかるよ。相手は相当細かいところまでつついてくるだろう。ぼくが無理な注文を出すと思っているからね」

「無理な注文を出したの?」

パトリックは肩をすくめた。「いや、そんなことはしていない。それどころかおとなしいものだよ。ぼくじゃなく、建物の声を聞くのが建築家の仕事だと思っているからね。設計士も同じ考えであることを祈ろう」

パトリックは図面をまとめ、ブリーフケースに入れた。

「先方のオフィスまではどれくらいで行ける?」

「さあ……二十五分くらい?」

「コーヒーを飲む時間は?」

クレアは頭を働かせた。ジェスは椅子に座って、目の前にぶらさがっているプラスチックのおもちゃで遊んでいるが、いつミルクをほしがってもおかしくない。

「ジェスにミルクをあげるから、コーヒーをいれてちょうだい。そうしないと、打ち合わせ中にこのおちびさんから反対意見が出そう」

パトリックが設計士と意見をたたかわせるのを、

横から見ているのは刺激的だった。

納屋に対するアイデアや構想を語るパトリックを眺めていると、今回の改装計画そのものが生き生きとクレアの目の前に浮かんできた。すると、パトリックに納屋を売った後悔は薄れ、完成した納屋を見るのが不思議なほど楽しみになってきた。

一つだけ、相手がどうしても引かない点があった。クレアも知らなかった、ガラスの階段についてだった。「部屋にはそぐわないですね。ここはオーク材じゃないと」相手が言った。「都会のアパートメントならすばらしいでしょうが、田舎の納屋となると……」設計士が語尾を濁すと、同席していたほかの人たちもうなずいた。

驚いたことに、パトリックはただ肩をすくめた。

「わかった。きみの言うとおりだ。オーク材にしよう」そう言うと、彼はテーブルに両手をつき、一同を見まわした。「それ以外は全部大丈夫かな？」

「理論上は大丈夫ですが、担当者に確認してみないと」

「もちろんだ。だが基本的なところでは合意できたし、申請は通っている。ぼくはすぐにも始めたい」

つかの間、相手は反対したが、やがて折れた。

クレアとパトリックは会議室を出た。外の駐車場まで来たとき、ようやくパトリックが彼女のほうを向いて表情をゆるめた。

いや、ゆるめたのではなく、にっこりしたのだ。勝ち誇った彼の少年のような笑顔に、クレアは声を出して笑った。

「上出来だったな」

「ガラスの階段の案が通らなかったのに？」パトリックがこんなに上機嫌なのが、クレアは不思議だった。しかし、パトリックはただ笑っただけだった。

「あれが通るとは思っていなかったよ。譲歩できるものが必要だったんだ。相手も、ぼくからああいうアイデアを予想していたはずだ。だから、ガラスの階段を造りたいと主張した。本当はシンプルなオーク材のほうがずっといい」

「ずるいのね」

パトリックが笑った。「当然だ。活かせないなら経験に意味はない。さあ、ランチにしよう」

それからの数日は忙しかった。アウディとドッグをクレアに託して、パトリックはロンドンに戻った。ドッグがいないと落ち着かなかったが、することがたくさんあったうえ、ドッグはペッパーといるほうがうれしそうだった。

会社の受付に行くとケイトが彼を見てにっこりし、デスクに両肘をついた。「向こうはどうですか？」

「順調だ。設計士たちは道理をわきまえているから、納屋は見事に生まれ変わるだろうな」

「クレアと赤ちゃんは？」

いつも単刀直入なケイトらしい言葉だ。「元気だ」パトリックは彼女の好奇心をかわした。「サリーはいるかな？」

「ええ、自分のオフィスに。あなたは今日は来ない予定だと聞きましたけれど」

「予定を変更したんだ。マイクとデイヴィッドは？」

「マイクはいますが、デイヴィッドは打ち合わせ中です。一時間後に戻る予定ですね」

パトリックはうなずいてエレベーターに向かった。これからの一時間はすることがたくさんあるとはいえ、マイクとデイヴィッドには今後の計画についてぜひ話しておきたかった。二人とも気に入らないだろうが、しかたがない。ぼくはもう何年も会社のために働いてきた。そろそろ、自分の時間を持ってもいいはずだ。二人に責任を肩代わりさせても、大変な負担にはならないだろう。とくに、デイヴィッドは才能を活かしきれていない。

エレベーターのドアが開き、パトリックは秘書のオフィスに入ってにっこりした。

「おはよう」明るく声をかけると、サリーは驚いてこちらを見た。

「今日はお休みだと思っていました。それに、ドッグは？」

「休みの予定ではあった。ドッグはサフォークだ。少し仕事を片付けに戻ってきた。だがわざわざ、ドッグを連れてくるまでもないと思ってね」

サリーは信じられないという目で彼を見つめた。

「ちょっとよくわからないんですが」その声は少し弱々しかった。「お戻りになるのは明日で、そのあとはずっとこちらだと……たしか、そうおっしゃっていたはずですけれど」

「そのとおりだ。しかし、予定を変更した」パトリックはためらったものの続けた。「実は、二カ月ほど休みを取って、納屋の改装の監督をしようと思っている」

サリーはぽかんと口を開けたが、なんとかしゃべる気力を取り戻した。

「なんですって？」パトリックが答える間もなく、秘書は続けた。「会議の予定が山ほどあって、テムズ川南岸の新規プロジェクトが始まるところで、ハムステッドの住宅は完成間近で……なのに、サフォークに引っ込んで、納屋の改装の監督をするというんですか？」

「そんなところだ」パトリックはにっこりした。

「コーヒーを頼むよ」

彼はオフィスに入って、静かにドアを閉めた。

三つ数えると、ドアの向こうから秘書のくぐもった悲鳴とどすんという音がした。パトリックはほほえんでジャケットを脱ぐと、椅子の背にかけ、デスクの椅子に腰を下ろした。

サリーはすぐに落ち着きを取り戻すだろう。そうしたら、コーヒーとスケジュール帳を持ってくるはずだ。そのあとは、二人で差し迫った案件がどれか検討する。マイクとデイヴィッドに話をするまでは、日程を変えられない約束もあるだろう。パトリックはかかえているさまざまな建築プロジェクトを、二人に振り分けるつもりでいた。

ドアが開き、サリーが片手にマグを、もう一方の手にスケジュール帳を持って現れた。

「マイクとデイヴィッドは知っているんですか？」たずねられて、パトリックは首を振った。「まだだ」

「大騒ぎになりますよ。わかってます？」

パトリックはにやりとした。「死にはしないだろう。ずっと手取り足取り教えてきたんだから、独り立ちしてもらってもいいころだ」

サリーは小さくうめいた。「そうかもしれませんけれど、逆にあなたが殺されるかもしれませんよ」そしてスケジュール帳を開いた。「じゃあ、今日の約束の件ですけれど……」

大忙しの二十四時間のあと、パトリックは車に服とファックス機とコピー機と、がたつかない製図板を積み込んでサフォークに向かった。

ドッグとペッパーが出迎えに飛んできたが、クレアは二匹より落ち着いた足取りで、ジェスを抱っこしながら出てきた。

パトリックは〝ハニー、ただいま！〟みたいな、古くさいせりふを言いたくなる衝動にかられた。だが、ただにっこりして犬を撫で、必死に腕を振りまわして身を乗り出しているジェスに手を伸ばした。

「かわいいジェスはご機嫌かな？」ジェスは笑って、彼の腕の中で上下に体を揺らした。

「また歯が生えたの」クレアが母親のように誇らし

げな口調で言った。

たった一日でジェスは変わっていた。子どもの成長は目まぐるしく、日々新しい発見がある。軍に入った父親たちはどうしているのだろう、とパトリックは思った。彼らが海外に派遣されているうちに、幼い子どもたちは見違えるほど成長してしまう。

ジェスはぼくの子ではないが。

ぼくは何を考えているんだろう？

パトリックはジェスをクレアに返し、車に載せてきた仕事道具を全部書斎に運んで、なんとか置き場所を見つけた。

「ダイニングルームを使ってもいいのに」クレアはそう言ってくれたが、パトリックは考えていなかった。まずダイニングルームからは納屋が見えない。改装作業が始まったら見えたほうが便利だ。それに、ここならクレアは絶対に入ってこない。

そんなふうに思った理由を分析したくなくて、パトリックは頭を振った。

「大丈夫だ。納屋が視界に入るほうがいいんだよ。ともかく、持ってきたコピー機やファックス機は、きみも仕事で使えそうなら使ってくれ」

クレアはため息をついた。「仕事っていってもね」

その言葉を聞いて、パトリックはこの二週間、クレアが働いている様子がないことに気づいた。

あえて仕事をしていないのか、依頼がないのか、どちらだろう？　おそらく、依頼がないに違いない。だとしたら、ぼくの助けがなければ暮らせなかったはずだ。

週末何度かいっしょに過ごすうちに知ったことだが、クレアとエイミーは四年前、大おばのメグを亡くす一年前に両親を亡くしている。今のクレアは天涯孤独の身で、いったいどんな気持ちなのだろう？　ぼくの両親はおせっかいとはいえ、あふれんばかりの愛情で息子を支えてくれる。両親がいなくなると考えると、寒々しい気分になってしまう。

パトリックは、自分の人脈を使ってクレアに仕事を回そうと決意した。彼がクレアとジェスの暮らしを喜んで支えると言っても、彼女がこのところ収入がないのを気にしているのはわかっていた。もっとも、納屋を売った金が入れば、もっと楽に暮らしていけるはずだ。

「ロンドンはどうだった？」しばらくして、紅茶を飲みながらクレアがたずねた。

「順調だ。会社の共同経営者たちはぼくが長期間いなくなることに驚いていたが、うまくやってくれると思っている。二人ともかなりのやり手だからね」

「そうね、あなたに何かあったら、仕事を引き継ぐのはその人たちだから」クレアがもっともなことを言ったので、パトリックはうなずいた。

「そのとおり」彼は脚を伸ばし、ベルトのバックルの上にうまくマグを置いて満足そうなため息をついた。やはり家はいい。そう思った自分に驚く。

家？　今はここがそうなのか？　具体的にはどこだ？　納屋なのか、それともクレアとジェス、犬や猫がごちゃごちゃと集まっている、このキッチンなのか？

パトリックはあまり深く考えたくなかった。最近は考えたくないことが多すぎる。しかも、その内容はクレアにまつわる事柄ばかりだ。

「建築業者と話した。前に使ったことのある会社の男で、午前中に見に来る予定になっている。できればすぐに作業を始めたいそうだ」

クレアはうなずいただけで、何も言わなかった。ぼくが納屋を改装することに、まだわだかまりがあるのだろうか？

「クレア、納屋の改装だが、本当にかまわないんだな？」パトリックはそう言って彼女の顔に苦痛がないか探ったが、何も見つからなかった。

「大丈夫よ」クレアは悲しげにほほえんだ。「それどころか、あなたがいやがるほど現場に入りびたっちゃいそうだわ。できあがりが気になってしょうがないの」

　パトリックは笑った。緊張が消えていく。「ぼくの現場じゃない。それに、きみを追い出すつもりなんかないよ」

「安心するのはまだ早いわ」クレアは笑った。「どんなにやりにくい相手か、あなたは知らないのよ」

　やりにくい？　クレアがそんなふうになるとは、パトリックには思えなかった。彼女が興味を持ってくれるのはいいことだ。本人がどんなに否定しようと、あの納屋は彼女の遺産や思い出の一部であり、好きになる権利もある。少なくとも、反対意見を口にする資格はあるんじゃないか？

　翌日の昼がすべての始まりとなった。建築業者の一団がやってきて足場が組まれ、朝食用のテラスからは屋根が撤去された。

　クレアは建築材があたると危ないので、二匹の犬が邪魔にならないようにしながら、興味を持って工事を見守っていた。工事の音でジェスが寝られないのを心配していたが、姪の部屋は家の奥にあったので音は届かなかった。

　パトリックは腕まくりをして作業に加わった。足場ができるとヘルメットをかぶり、上に上がる。

　クレアはにっこりした。自分も作業すると彼が言っていたのは本気だったようだ。彼女は日中、作業する人々に紅茶やコーヒー、そしてチョコレートビスケットをせっせと出してまわった。

「こいつらを甘やかさなくていいんですよ」現場監督が言ったが、本気ではないとわかっていたので、クレアはほほえんだだけだった。なぜなら、彼がもう一枚ビスケットを食べたからだ。

「ぼくのお茶は？」クレアの肩のほうから、パトリックの声がした。

「一歩遅かったな」現場監督はそう言って笑うと、またビスケットを取って作業員たちのほうに戻っていった。クレアはパトリックと二人きりになった。

「ぼくは遅かったのか？」

クレアは首を振った。「そんなことはないわ。ここに来る前にケトルを火にかけたから。キッチンで一杯飲もうと思うんだけれど、あなたもいっしょにどうかしら」

うっかり言ったことに気づき、クレアはうめいた。いっしょにどうかしら？　なんて哀れっぽい言い方だろう。彼女は返事を待たず、パトリックがついてくることを期待しながらキッチンに戻った。

パトリックはついてきた。それでもクレアは現実的に、パトリックは彼女といたいからではなく、紅茶が飲みたいからだと思って喜ばなかった。太陽の下で足場を歩きまわっていれば、喉が渇くのは当然で、もちろん紅茶が飲みたいはずだ。たぶん、パトリックは今度も紅茶を外に持っていくはずだ。

しかし彼はそうせず、片足で引っ張り出した椅子の向きをくるりと変えてまたがるように座ると、椅子の背にマグをのせてじっとクレアを見た。

「で、どうかな？　うまくやっていけそうか？」

クレアは驚いた。「誰と？　作業する人たちとってこと？」

パトリックはにやりとした。「これから三カ月間、毎日二十五回もお茶をいれるんだから、警告しておかないとね」

クレアはほほえんで肩をすくめた。「あの人たちが脱水症状を起こして倒れるのは困るわ。あなたの評判に傷がつく」

パトリックはビスケットの入った缶に手を入れた。彼がいっしょにいるほうを選んだのが、クレアはうれしかった。パトリックがロンドンに行っている間は、不思議なほどさびしかった。仕事を片付けてくると言っていたけれど、彼にはもっと個人的な用もあるのかもしれない、とまで考えたほどだ。

わたしが知っているかぎり、パトリックに恋人はいない。少なくとも週末、サフォークにいるときに、お母さんと秘書のサリーを除けば女性から電話があったことはない。秘書の電話は仕事についてで、会話からすると個人的に深い関係ではないようだ。

もちろん、パトリック本人にたずねれば、答えは簡単にわかる。けれどいくら単刀直入なクレアでも、そうするのは抵抗があった。パトリックが教えたかったら教えてくれたはずだ。実際、彼は自分のことをかなり話してくれた。現実的に考えて、もし付き合っている女性がいるのなら、わたしも知っているに違いない。

わたしに関係ないことはよくわかっている。パトリックは両親に、わたしとはただの友達だとはっきり告げていた。〝それ以上でも以下でもない。これからもずっとそうなんだ〟

残念なことに、とクレアは思った。

土曜日の夜遅く、クレアは猫が鳴いているのに気づいた。そういえば、今日は一日じゅう姿を見なかった。猫は勝手な動物なので、いつもなら心配することではなかった。

庭に出て頭を上げ、耳をすませると、また聞こえた。納屋らしき方角から、悲しげな鳴き声がする。

足場と緑色のメッシュシートにおおわれた納屋のほうを見てみたが、何も見えない。べっこう色の小さくてかわいい猫の姿もない。パトリックを捜しに行くと、書斎の製図板の前で難しい顔をしていた。

「猫の鳴き声が聞こえるんだけれど、どうも納屋に閉じ込められているみたいなの」クレアは彼に言った。

パトリックは体を起こし、くるりとこちらに振り向いた。「捜しに行ってみたのか?」

クレアは首を振った。「あなたはヘルメットをかぶらずに納屋に入ることに厳しいし、鳴き声は高いところからするの。わたし、高い場所は苦手で」

パトリックは天を仰いだ。「なるほどね。きっと足場に上ったんだろう。ぼくが行ってみる」

二人は外に出た。納屋に近づいたとき、猫が哀れな鳴き声をあげているのが聞こえた。パトリックはため息をつき、はしごを取って足場にかけてから、大丈夫かどうかたしかめた。

「下を押さえていてくれ」クレアははしごの下に回り、パトリックがはしごを上って猫の名を呼びながら足場を歩きまわるのを見守った。

「屋根の上に上がったみたいだ」パトリックの声がした。「捕まえられるかどうか試してみる」

前庭の真ん中に立って、パトリックが不安定な屋根に上っていくのを見つめながら、クレアは気が気ではなかった。あんなところに行くなんてどうかしている。突き抜けて下に落ちたら死んでしまう。

「捕まえた」その声を聞いて、クレアの心臓はまた動き出した。パトリックは猫を抱いて足場を離れ、ゆっくりとはしごを下りてきた。

クレアは目を閉じ、こみ上げていた吐き気をのみ込んだ。もし屋根が崩れていたら……。

「ありがとう」クレアは心からお礼を言い、不満げな猫を受け取った。そしてもがく猫を落ち着かせようとしたが、静かにならないので地面に下ろした。

猫は庭を飛ぶように走っていってリンゴの木に登り、枝に座って体をなめながらパトリックのほうを疑わしげに見つめた。

クレアは笑ってパトリックに向き直った。次の瞬間、その笑顔が消える。「大丈夫?」

パトリックは顔をしかめていた。シャツのうなじから手を入れて、肩を探っている。「全然感謝されなかったみたいだ」皮肉っぽく言って手を抜くと、指先には血がついていた。「やっぱりか。引っかかれた気がしたんだ」

「中に入って。手当てするわ」クレアは彼を押すようにしてキッチンに戻った。

パトリックがシャツを脱ぐと、細長い引っかき傷にはところどころ血がにじんでいた。

クレアは舌打ちした。「なんて悪い子かしら」そして、救急箱がわりの戸棚の中を探った。

それから消毒薬を小さなコットンに取って、彼の引っかき傷に軽く押しつけた。

身じろぎしたパトリックが毒づいたので、クレアはあやまり、唇を噛んで笑いをこらえた。笑いごとではないのだから、我慢しないと。もし屋根が彼の体重を支えられなかったら……。

そう考えると、笑いたい気持ちは一瞬で消えた。クレアは手をそっとパトリックの肩に置き、やさしく傷を消毒して薬を塗った。「これでいいわ」

パトリックが向き直る。「ありがとう」二人の視線が合った。

これから何が起きるか、クレアにはわかった。まるでスローモーションで見ているみたいだ。パトリックの両手が上がって彼女の頬を包み、顔が近づいて唇がやさしく重なった。彼は顔を上げたあとも、クレアから離れなかった。

くぐもったうなり声とともに、パトリックがクレアをふたたび抱き寄せ、深々とキスをした。

クレアは唇を開いてパトリックを迎え入れると、彼の舌が舌にからまり、探り、じらした。そのうち彼女の脚から力が抜け、立っていられなくなる。

パトリックと一つになりたい。

今すぐに。

　クレアがパトリックを押しのけようとした次の瞬間、彼が顔を上げて手を離した。クレアは手で唇を押さえてよろよろとあとずさりをし、荒れる海のような彼の目を見つめた。

　そこには熱い欲望があった。クレアは息をのみ、一歩、また一歩と下がって階段の下まで行った。

　どうしよう。ばかな自分がさらけ出されてしまう。パトリックは遊びのつもりだ。暇つぶしをしているだけなのだ。

　二人はただの友達なのだから。

　クレアは背を向け、階段を駆け上がって自分の部屋に飛び込んだ。そして胸をどきどきさせながら立ちすくみ、今のはなんだったのだろうと考えた。

　わたしが望んでいたことでないのはたしかだ。パトリックはあんなことをするには自制心が強すぎる男性だけれど、さっきの彼は自制心が強すぎるようには見えなかった。

　階段を上ってくる足音が聞こえ、クレアの寝室のドア口にパトリックが現れた。シャツを着ていたのですてきな肌こそ見えなかったが、もはや関係はなかった。彼女はさっきキッチンで見ていたうえ、パトリックの肌と波打つ筋肉の感触も知っていたからだ。

　ああ、どうしよう。

「いいの、わかっているから。〝ぼくたちはただのいい友達だ〟なんて、わざわざ言う必要ないわ」クレアがむっとして口を開くと、パトリックは緊張をにじませた笑みを浮かべて首を振った。

「そんなことを言うつもりはない」次の言葉を聞いて、クレアは息が止まりそうになった。「ぼくは始めたことを終わらせよう、と言いに来たんだ」

8

心臓が喉元までせり上がったような気がしながら、クレアはあとずさりをした。しかし足がベッドにぶつかり、倒れるように座り込んだ。「でも……あなたはただの友達だって言ってたじゃない？」

「ぼくがばかだった」

それ以外に言葉はなかった。パトリックはクレアを説得しようとも、触れようともせず、ただ立って待っている。クレアは喉にかたまりができたように、息が苦しくなった。

永遠とも思える時間が過ぎたあと、パトリックが肩をすくめて背を向けた。

「待って！」クレアは唾をのみ込んで深呼吸をした。

「パトリック、お願い、待ってちょうだい」

振り返ったパトリックがそのとおりにした。腕が動くようになってから、クレアは片方の手を彼のほうに差し伸べた。ジェスはもう寝ていて、二匹の犬はキッチンで丸くなっている。二人を止めるものは何もない。

残るは常識だけだが、今はそんなものはどこにも見あたらなかった。

パトリックは苦しくなるほどゆっくりと手を伸ばしてクレアの手を取り、引っ張って立たせた。

「よかった」ぶっきらぼうに言うと、彼はクレアを腕の中に引き寄せた。

ふたたび唇をやさしく重ねてから、クレアの唇から頬、脈打つ喉元、首の付け根のくぼみに軽いキスをする。パトリックは舌でクレアの鎖骨をたどり、燃えるような跡を残しながら、両手で彼女の体の脇をなぞって胸を包み込んだ。

それから低いうなり声をもらし、頭を下げてクレアの胸に顔をうずめた。その熱い息はTシャツの生地を通して彼女の肌に触れた。

「きみを見たい」パトリックは少し離れ、クレアのTシャツの裾を持ってめくり上げた。

クレアは恥ずかしくなったものの、すぐにパトリックの温かなまなざしとやさしい手に夢中になった。

「ああ、クレア、きみは本当に……」パトリックが言葉に詰まる。

クレアは両手を彼のシャツの中に滑り込ませ、肩から脱がせた。「本当に何？」彼女はかすれた声できいた。

「きれいだ。すばらしいよ。最高だ」

不思議なことに、クレアもパトリックのことを同じように思っていた。両手を彼の筋肉がついた胸に置き、てのひらに鼓動を感じる。顔を上げてパトリックの目を見た瞬間、クレアは息をのんだ。

言葉にならない言葉とともにパトリックが彼女を引き寄せ、胸にきつく抱き締めた。「きみがほしい。ずっと前から、こんなふうにしたかった」

ふたたびパトリックは唇でクレアの唇を求め、ベルベットのようにやわらかい舌で性急に探った。彼が顔を離したとき、クレアはこの人がいないと死んでしまうかもしれないと思った。

パトリックはクレアを抱き上げてそっとベッドに下ろし、自分も隣に横たわった。唇をまたクレアの唇に重ねたかと思うと、熱い跡を残しながら彼女の肩から胸へと滑らせ、ブラの薄い生地越しにうずく胸の先に口づけした。

クレアは胸を持ち上げて声をあげた。すると、パトリックが震える手で彼女をなだめた。その巧みな手は、どこに触れればクレアを思いどおりにできるのかをよく知っていた。

「お願い」クレアが息も絶え絶えに言うと、パトリックはキスで彼女を黙らせ、ゆっくりジーンズを脱がせて脚から引き抜いた。その間ずっと、彼の目は燃えるようだった。

最後に残った小さなレースのショーツも取り去られた。裸になったクレアの体を、パトリックが味わうように見つめる。

手で肌を撫でられ、クレアはぞくぞくするのを感じた。「とてもきれいだ」パトリックの声は欲望で張りつめ、かすれていた。「予想どおりだよ」

パトリックはジーンズの後ろポケットに手を入れると、取り出した小さな包みをクレアに渡した。

「ちょっと持っててくれないか」

クレアはつかの間包みを見つめていたが、中に何が入っているかに気づいて赤くなった。

自分では考えもしていなかった！

顔を上げたクレアは息が止まりそうになった。パトリックはジーンズも下着も脱いで隣に横たわっていて、いたずらっぽいユーモアとせっぱ詰まった欲望が入りまじった目でこちらを見ている。

「ずっとその包みを持っているつもりか？　それとも使うのか？」

クレアはぎこちなく笑い、避妊具を彼に返した。

「はい……つけるのは自分でどうぞ。わたしだと、とんでもない失敗をしてしまいそうだから」

「そうかな」パトリックは受け取って身につけると、クレアのほうに向き直り、長くて重い腿を彼女の脚の間に割り込ませ、熱く唇を重ねた。

そして上になって両手でクレアの頬を包み、じっと目を見つめながら中に入ってきた。

パトリックが胸の奥から低いうなり声をもらし、震えながらまぶたを閉じる。唇でクレアの唇を探し求めてから、彼は動き始めた。最初はゆっくりと、じょじょに激しく深くなる動きは大きな波のようで、クレアはパトリックの名前を呼びながら彼にしがみついた。激しい嵐に似た情熱が二人を包んで去ったとき、クレアは彼の腕の中で涙を浮かべて体を震わせていた。

「大丈夫だよ、クレア」パトリックが彼女を胸に引き寄せた。記憶にないほど久しぶりだったけれど、クレアはその言葉を思いきって信じることにした。

クレアのベッドに横たわったパトリックは、天井を見つめ、感情の波に溺れそうになるのを必死にこらえていた。

ウィルが亡くなったあと、何も感じないようにしてきたのは、心があまりに傷ついていたからだ。しかし、そばにクレアがいて、隣の部屋に小さなジェスがいる今、気持ちを抑えるのは難しかった。

パトリックはふいにこみ上げてきた熱い涙をこらえようとしてきつく目をつぶったが、涙はこらえきれずに目の端から髪へとこぼれ落ちた。

だめ押しになったのは、クレアのやさしさだ。温かい沈黙と、手のぬくもりも。女性と付き合うのは本当に久しぶりだったので、その手にこれほど癒されることを忘れていた。

パトリックは泣きたくなるのを必死にこらえた。眠っているクレアはこの数カ月の感情の嵐に疲れ、妹の死をまだ悲しんでいる。彼女には休息が必要だ。

彼は首をめぐらせてクレアを見た。頬にそっとかかるまつげと白い肌についた涙の跡に、胸を締めつけられる。どうしてそうなったのかはわからないが、クレアは気づかないうちにぼくの心の壁を乗り越えていた。そして、ぼくは恋に落ちた。

これからどうなるんだ?

クレアが眠ったまま、何かつぶやいてパトリックに身をすり寄せた。パトリックは彼女を抱く腕に力を込め、髪にキスをした。

考えるのは明日になってからにしよう。今はクレアを抱き締めていられるだけで満足だ。

クレアはジェスの泣き声と、体を重ねることに慣れていない筋肉の鈍い痛みで目を覚ました。裸だったので枕の下からパジャマを取り出して着ると、ジェスのむずかる声を追いかけて階下に下り、キッチンに入った。

まだ朝の五時ごろだったが、むずかっているジェスはおなかがすいているらしい。ボクサーショーツ一枚のパトリックが、抱っこしたジェスを揺らしながら、電子レンジで哺乳瓶を温めていた。

「おはよう」彼の目は笑っていた。クレアもおずおずと笑みを返した。

「おはよう。何か手伝いましょうか？」

パトリックは肩をすくめた。「大丈夫だよ。おむつを替えてミルクを温めているんだ。犬は外に出した。だが、よかったらお茶をいれてほしいな」

クレアはうなずき、ケトルを火にかけた。そして、ジェスの世話をするパトリックをあまりじろじろ見ないようにした。しかし彼はとてもすてきで、見ずにいるのは難しく、目がつい引き寄せられてしまう。クレアはたまたま視界に入っただけというふりをしながら、マグ越しにパトリックを眺めた。

パトリックが顔を上げ、クレアの視線に気づいてゆっくりと満足そうな笑みを浮かべたので、彼女は赤くなった。

「もっと近くで見たいか？」

クレアははっとしたが、なんでもないふりをした。

「もっと近いってどれくらい？」

パトリックが二人の距離を目で測る。「そうだな、三メートルくらいか？」

クレアは小声で笑い、テーブルに座ったパトリックのそばに行くと、ごくごくミルクを飲むジェスを抱いた彼の頭にキスをした。

「ジェスはまた寝るかな？」パトリックの声は低くかすれていた。燃えるようなその目を見て、クレアは顔が熱くなった。

「たぶんね」期待を込めて答える。

「よかった。きみといっしょに、ゆっくりと目覚めるのが楽しみだったからな」

クレアの心臓が止まり、また動き出した。こんな気持ちにさせてくれた人は、今までに一人もいない。こういう関係があるなんて知らなかったけれど、世の中にはあるのだろう。そうでなければ、ものごとがややこしくなるとわかっていながら誰かといっしょにいるなんてありえないからだ。

つまり、習慣以外に二人をつなぐ何かがあるに違いない。

たとえば愛とかが。

急にその言葉が頭に浮かび、クレアは凍りついた。

愛？　でも……わたしはパトリックをよく知らない。なのに愛せるだろうか？

いいえ、そうするのは簡単だ。パトリックはやさしくておもしろくて気前もいい。わたしにどう触れればいいかもよく知っている……。

あれはただの欲望で、体のつながりにすぎない。わたしはぱっとしない女で、デートしたことも火遊びをしたこともなく、誰かを近づけたこともない。

エイミーは違う。妹はいつも大勢の男性に追いかけられ、顔も覚えていない男性と目を覚ましては罪悪感にしょっちゅうかられていた。

でも、ウィルはエイミーに強い印象を残した。ウィルとパトリックは一卵性の双子だから、わたしがパトリックから強烈な印象を受けたことを考えれば、エイミーがウィルの魅力に参ったのもわかる。

でも、わたしは妹とは違う。今朝を含めても知らない男性の隣で目覚めたことなど一度もないのに、パトリックといっしょにベッドに戻るのはまずいかもしれない。しかし彼が顔を上げて視線が合ったとき、クレアの気は変わった。

ふいに、ベッドへ戻るのが最高のアイデアに思えたのだ。どうしてだめだと自分に言い聞かせたのか、クレアには理解できなかった。


パトリックと体を重ねるのは発見の旅でもあった。なかなか手の届かなかった苦しいほどの至福を味わうのをようやく許されたとき、パトリックと同じくクレアは限界に追い詰められていた。

その日はすばらしかった。日曜日だったので二人はベッドにいるか、犬やジェスと遊ぶか、次に相手に何をするかを話し合って過ごした。

とはいっても話したのはパトリック一人で、やさしく官能的なその声に、クレアは忘れずに呼吸するのにも苦労した。

そして夜になると、ようやく二人はリビングルームで抱き合って座り、手早く作ったパスタの皿を膝にのせて、いっしょにテレビを観た。

犬の散歩を終え、ジェスが眠ってしまうと、一時間ほどして二人も眠った。満足そうな顔で、スプーンのように体を重ねて。


「クレア？」

目を開けたクレアは、パトリックが彼女のベッドに腰掛けているのに気づいた。ジーンズと着古したシャツという姿で、片手にマグを持っている。

「お茶を持ってきた。すぐにも作業員がやってくるから、その前にきみは目を覚ましたいんじゃないかと思ったんだ」

クレアは枕にもたれて起き上がり、顔から髪をかき上げて朝の光に目をしばたたいた。「ぐっすり眠ってしまったのね。ごめんなさい。今何時？」

「七時だ。ジェスにはミルクをあげて、また寝かしつけたよ。これから犬の散歩に行こうと思っている。すぐに戻るよ」

パトリックが身をかがめてクレアにキスをした。ゆっくりとやさしい穏やかなキスだったが、パトリックが立ち上がるころにはクレアの胸は鼓動を速め、彼の顔にはいたずらっぽいほほえみが浮かんでいた。

「あとで」パトリックのその言葉は約束のように聞こえた。

クレアはその日、作業員たちといっしょに働くパトリックを見つめながら、ずっと自分の気持ちにおびえていた。人生でこんなにも強い感情を持ったのは初めてで、どうしていいかわからなかった。

パトリックとベッドをともにすると、クレアは一度も考えたことがなかった。彼が自分に興味を持っているとは想像していなかったし、心の底からありえないと思っていた。もし興味があったとしても、幸せな結末につながるようなちゃんとしたものであるはずはない。二人は住んでいる世界が違いすぎる。パトリックはどんな女性でも選べるのだから、わたしは一時の気晴らしにすぎない。パトリックはすぐにわたしに飽きるだろう。そうすれば火遊びはおしまいだ。

もちろん、彼にとって火遊びならの話だけれど、クレアはそうだとほぼ確信していた。そして、もしただの火遊びなら死んでしまうと思った。

一日が終わるころ、クレアはこのままではいけないと思うようになった。個人的にどんな気持ちを持っていても、わたしたちにはジェスを育てる責任がある。その目的を邪魔するものから、自分とジェスを守らなくては。

そのためにパトリックと距離を置くことになるなら、そうしないと。

今夜、パトリックが戻ってきたら、さっそく話をしよう。

部屋に入ったパトリックは心が沈んだ。

クレアは心変わりをしたらしい。その顔に浮かぶ表情を信じるなら、よく考えたすえの結論のようだ。

彼はどうにか笑みを向けて座り、クレアがこちらに押しやったマグを手に取って半分飲んだ。

するとクレアがやっと口を開いた。「考えていたんだけれど」

「何を？」

「わたしたちのことを」

パトリックはそっとマグを置き、クレアを見つめた。彼女は目をそらしてから合わせ、やっぱりまたそらした。

「よくないと思うの」

予想はしていたが、パトリックの気持ちは落ち込んだ。「どうしてだ？」心の中ではクレアを揺さぶって説教してやりたかったが、あえて穏やかな口調でたずねる。

ただ、今良識に従っているのはクレアのほうで、ぼくは欲望に従っているだけだ——欲望と、すぐにも傷つくことになりそうな大きな何かに。

「ジェスがいるからよ」何をばかなことをと言わんばかりに、クレアは言った。「わたしたちは友達でいなくちゃ。週末はいっしょに住むのに、うまくいかなくなったら大変なことになるわ」

「うまくいくかもしれない」パトリックは思いきって言ってみたものの、クレアからは頭のおかしい人を見るような目を向けられただけだった。

「そうは思っていないくせに」

クレアにきっぱりと否定されても、パトリックには言い返せなかった。これまで女性とは長続きしたためしがないのに、今回、クレアとなら違うと言いきれるのか？　相手が大勢いたわけではなく、付き合った女性は大事にしてきた。しかし、ぼくの心を長くつなぎ止めた女性は一人もいなかった。

たぶん理由は、ぼくが心を差し出さなかったからだろう。今回は差し出すつもりなのに、と思ってパトリックは苦しくなった。

「とにかく、二人とも忘れたほうがいいと思うの、この……その……」

「つかの間の情事を?」そんなものからはほど遠いのに、言葉の軽い響きに、彼は苦痛を感じた。

しかし、クレアはうなずいた。「ええ、そうよ。あんなことは忘れるべきだわ」またパトリックの視線を避けて続ける。「わたしたちのためでないなら、ジェスのためにね。大事なのはジェスだから」

パトリックは反論できず、そうしようとも思わなかった。こうなったら戦術を変えるまでだ――忍耐という戦術に。

辛抱強く待つのは得意ではなかったが、クレアを勝ち取るには苦しくても我慢するしかない。

まずは譲歩からだ。「わかった」そう言うと、クレアがさっと顔を上げ、一瞬パトリックを見た。

「わかったって?」

「情事は忘れよう」

「ああ、そうね……ええ、それでいいわ。おなかはすいている?」

クレアがあまりにショックを受けているので、パトリックは笑いそうになった。彼自身、叫ぶか何かをたたきつぶすかしたくなかったら、笑っていただろう。「そうでもない。実は町に行ってこようかと思っていたんだ。新聞を買って、港を散歩してくる。あとで会おう」

パトリックは二階に行ってシャワーを浴び、きれいなジーンズとTシャツに着替えてから、クレアとは顔を合わせずに出かけた。ジェスの寝室ではクレアの気配がしたし、車を出したときにはカーテンが揺れるのが見えたが、話はできなかった。

その前にまともに考えられるようになって、頭の中を整理しないと。

パトリックはイプスウィッチまで行き、クレアのことを考えまいとしながら、再開発された港近くを散歩した。しかし結局は一軒のバーに入り、明かりがきらめく海を見つめて、人生がもっと楽ならよかったのにと思った。

感情が激しく揺れ動くのも、いつも頼れる男でいなければならないのもうんざりだ。

ウィルが亡くなったときは、これでもうお守り役をしなくていいと思った。しかし、本当の意味でパトリックを必要とするジェスが現れ、頼れる男にならないわけにはいかなくなった。

もちろん、そうするのがいやなわけではなく、慣れていないわけでもなかった。だいたい、ジェスのことならなんでも許せた。あの子のことは心から愛している。わが子でも、ジェス以上に愛せるかどうかはわからないほどだ。

ジェスの身の安全と幸せを守るためなら、ぼくはなんでもする。そのために、クレアを失う結果になっても耐えるしかない。

だとしても、抵抗は続けるつもりだ。クレアは最初の一戦こそ勝ったかもしれないが、まだあきらめるつもりはない。クレアもぼくを愛していることには自信がある。彼女はただ、怖くて逃げ出しただけなのだ。ぼくがどこにも行かないと説得できれば、二人の未来が開けるに違いない。

ならばひたすら、ゆっくりと着実にクレアに求愛しよう。そして、クレアに自分でぼくを選んだと思わせるのだ。

ほかに方法はない。

ジェスを寝かしつけるとクレアは階下に行ったも

ののの、心はまだ落ち着きを取り戻せなかった。トーストにベイクドビーンズをのせて食べ、皿を洗ったあとはリビングルームに行ったが、これといって何もすることはなかった。

一夜の情事……。クレアは考え込んだ。パトリックは本当にそう思っているのだろうか？

答えはわかっていても、彼女は傷ついていた。

気がつくと足が書斎に向き、中に入ってパトリックの椅子に座っていた。彼をそばに感じたかったのだ。

椅子をくるりと回して製図板のほうを向き、クレアはぼんやりと納屋の設計図を見た。

すべてがぼやけていて見えない。目をこすっても、またぼやけてしまう。

なんて情けない。

クレアはキッチンへ行ってティッシュではなをかみ、ワインを一杯飲んで気持ちを強く持つと、書斎に戻ってもう一度椅子に座り、あたりを見まわした。

部屋はどうしようもないほど散らかっている。図面を広げるにはもっと広い場所が必要だから、デスクを片付けたほうがいい。

クレアはデスクの椅子に座り、積み重なっている書類をめくった。書類の間には、ＤＮＡ鑑定の結果を入れた封筒があった。

ジェスの世話と納屋の改装があったせいで、鑑定のために姪を病院に連れていくのを忘れていた。クレアは罪悪感に襲われ、その封筒をバッグに入れた。明日の朝、病院に電話して鑑定の予約をしよう。

そうしないとまずいわけではなかった。ジェスがウィルの子どもなのはたしかで、パトリックも納得している。彼はもう何週間も、その話題を持ち出していなかった。

それでも全員が納得するためにも、ちゃんと結果は出すべきだろう。

ほかにも大事なものを見落としていないかどうか、クレアは書類を一枚一枚たしかめていった。ダイレクトメールは捨て、請求書はあとで片付けるために脇によけた。

パトリックと鉢合わせする前へ寝室に戻ろうとしたとき、彼が帰ってきた。

裏口から入ったパトリックは二匹の犬に挨拶し、ぶらりと書斎に現れた。

彼が落ち着いてリラックスしているのを見て、クレアはむっとした。彼女ほど落ち込んでいなくても、少なくとも動揺しているのが普通だろうと思ったからだ。

けれどパトリックの様子は、クレアの選択の正しさを証明していた。

「ただいま。何をしているんだ？」

「あなたが使えるようにデスクを片付けているの。

わたしの書類は片付けたわ。ほとんどごみ箱行きだったけれど」その言葉にパトリックがほほえむ。

「だからもうデスクも使って。引き出しも必要なら片付けるわ」

「一つあれば便利だが、気にしないでくれ。きみはデスクはいらないのか？」

「今の仕事量じゃ、お話にならないもの」

パトリックがさっと請求書のほうを見たので、クレアは唇を噛んだ。すぐにも仕事を見つけないと、パトリックが納屋に払ったお金で請求書の支払いをするしかなくなってしまう。お金はすぐ渡すと彼は言っていたけれど、すぐっていつ？

「それは？」パトリックが背後から近づいてきて、彼女の肩に両手をのせた。

クレアが体をこわばらせたので、彼がすばやく手をどける。

「緊張しなくていい。きみに飛びかかろうってわけじゃないから」パトリックがやさしく言ったので、クレアは後悔した。彼とは距離を置いたほうがいい、と思っていたせいだ。

結局は、一線を越えてしまったけれど。

あれは一夜の情事にすぎなかったでしょう、と彼女は自分に言い聞かせた。

「請求書を確認していたの」言いたくはなかったが、パトリックに飛びかかられる話題よりは安全だ。

「請求書？」

「公共料金よ――電気とか水道とか。もっと仕事があればいいんだけれど」

「公共料金はぼくが払うという約束だろう」

「でも、以前のものだから」

「ジェスが生まれる前のか？」

クレアは彼を見つめた。「そうじゃないけれど」

「それならぼくが払う。デスクに置いておいてくれ。明日の朝にはすませておくよ」

「エイミーの車の修理代もあるの。ジョンと話してみるわ。車をあげたら、差し引きゼロにしてくれるかもしれない」

「いくらなんだ？」

「二十五ポンド」

「レッカー車の男によれば、あの車はそれより価値があると思っていたみたいだぞ。クラシックカーのオークションに出してみるのもいいかもしれない。一財産になるんじゃないか？　修理代はぼくが払おう。きみが文句を言う前に言っておくが、返すのは金ができたらでいい。わかったね？」

クレアは小声で笑ってうなずいた。「ありがとう、パトリック。あなたって、なんでも合理的に考えるのね」

「なんでもとは？」

顔を上げたクレアは、パトリックの目に気持ちが表れている気がした。

　けれどもその気配はすぐ消え、彼女は自分の想像だったのだろうかと思った。「請求書や、お金や……わたしたちのことよ」

「ああ、ぼくたちのことか」パトリックの口元に皮肉っぽいほほえみが浮かんだ。「心配しなくてもいい。大丈夫だから。きっときみの言うことが正しいんだ。でも、とても楽しかったよ。だから、きみの気が変わったならいつでも――」

「変わらないわ」その言葉は彼に言ったのか自分に言ったのか、よくわからなかった。どちらにしても明るい気分ではなく、クレアは立ち上がった。「もう休むわね。夜中にジェスが目を覚ましたら、わたしが行くわ」

「わかった。じゃあ、また明日」パトリックも立ち上がった。視線が同じ高さになると、彼はクレアに両手を回してやさしく抱き締めた。「おやすみ。どうか後悔で苦しまないでくれ。間違いには違いないが、いい経験だったんだから」

　もっともな言葉だと思って、クレアはうなずいた。気がゆるんで泣き出すか、気が変わってパトリックを抱き締め返すかする前に、体を離して背を向け、走らんばかりにして安全な自室へ戻る。

　しかし、そこも安全ではなかった。シーツにはパトリックのアフターシェーブローションの香りが残っていて、クレアは取り替えなかった自分を蹴飛ばしたくなった。彼のにおいに包まれて眠るのは、とんでもない拷問だった。

　間違いとわかっていて、誘惑に負けたわたしがばかだった。でも彼の言うとおり、いい経験だったとしたら？　それでも、人生最大の愚かな失敗には変わりない。わたしはきっと死ぬまで悔やみ続けるはずだ。

9

パトリックのやり方はずるい。

もっと距離を置いてくれてもいいのに、そうしようとしないなんて。彼がすぐそばにいるせいで、クレアは全然落ち着かなかった。

たとえば書斎だ。この二週間、仕事はろくになかったので気にならなかったけれど、隅っこにずっと隠れていたいと思い始めた今、彼女には急に手に負えないほどの依頼がたくさん舞い込んでいた。

ジェスが眠っている間、クレアはずっと製図板に向かい、姪(めい)が目を覚まさないうちにできるだけ仕事を片付けようと必死になった。

パトリックはというと、部屋の反対側の製図板に向かうか、デスクで仕事をするか、電話で納入業者をせかしていた。

それだけではない。パトリックはクレアに紅茶やコーヒーを運んできては、肩越しに仕事をのぞいてほめ、彼女の手からジェスを受け取って、締め切りに間に合うようにしてくれた。

パトリックの両親もよく訪ねてきた。ジェラルドは息子といっしょに納屋に行き、ジーンはクレアの仕事がはかどるようジェスをあやし、いっしょに遊び、ミルクを飲ませてくれた。

ジーンは孫娘を溺愛していて、ジェスも祖母が大好きだった。いっしょにいると必ず上機嫌で、よく笑い、言葉を発した。

ジェスは言葉を話し始めていた。〝わんわん〟とか〝ママ〟とか〝パパ〟とかの短い言葉だったが、聞いたクレアは泣きたくなった。エイミーがいないからではない。クレアとパトリックはジェスの母親でも父親でもなく、実の子同然だと思っていても小さな女の子からそう呼ばれる権利なんて本当はないからだ。

本来なら自然なことなのに。

クレアは養子縁組について考え始めていた。福祉課からは必要ないと言われていた。彼女はジェスのたった一人の存命する肉親だったから、自動的に法的な保護者ではあった。

でももしわたしに何かあれば、ジェスはこのコテージと納屋を売ったお金の残りを受け継ぐことになる。それ以外のもの、とくに日々の暮らしはパトリックの情けにすがることになるだろう。もちろん、法的にいえばパトリックにもわたしと同じ責任があるし、彼は逃げ出しはしない。

少なくとも、パトリックが逃げるとは思っていなかった。ただ百パーセント確実かと言われれば、そうとは言えない。パトリックも死んでしまったら？

ウィルとエイミーが命を落としたのだから、パトリックとわたしもそうならないとはかぎらない。

そのときは、誰がジェスの面倒を見るのだろう？ジェスはパトリックの財産も受け継ぐことになるけれど、誰がそれを守ってくれるのだろうか？　養子に出される場合もある。遺産がたくさんあれば、狙う者も現れるはずだ。ジェスを守るにはどうすればいい？

真夜中に不安になったクレアは、遺言書を書かなければと思い立った。起き上がって書斎に行き、引き出しを探ったが、何もない。たしか自分で書ける遺言書のひな型があったはずなのに。もしかしたら間違って捨ててしまったのかもしれない。

もうベッドには戻れない。暑くて眠れないし、気持ちも落ち着かないから。パトリックがバスルームの隣の部屋で眠っていなければシャワーを浴びたいところだが、邪魔をするのはいやだ。最近は真夜中しか彼から逃げられなかったうえ、心が穏やかになるのも真夜中だけだった。

クレアはキッチンに入ってケトルを火にかけ、テーブルの下のバスケットで寝ている二匹の犬を撫でた。しかし、犬は尻尾で床をたたいただけで起きようとせず、クレアはため息をついて座り、ペッパーのバスケットの縁に爪先を置いた。すると、ドッグが身を乗り出して彼女の足首をなめた。

その舌は熱くてざらついていたが、クレアは止める気にはならなかった。犬の無条件の愛情はとても心地よかった。

それに、裏も限度も条件もない。

パトリックがその半分でも、わたしを愛してくれたら。愛情のあるなしに関係なく、彼がずっとここにいてくれると信じられたら。

理想的な解決法は、二人でジェスを養女にすることだ。そうすれば将来的な問題はすべて消えてなくなり、ジェスも守れる。しかしそのためには、二人が結婚しなければならない。

でも無理な話だ。パトリック・キャメロンみたいな男性は、いくらベッドでの相性がよくても、わたしと結婚しようとは思わないだろう。ジェット機で世界を飛びまわる彼の目から見れば、わたしなんて退屈な田舎娘で、妻としてもふさわしくない。

心のどこかでは、偏った見方だとわかっていた。厳密にいえば、パトリックはジェット機で世界を飛びまわる男性ではなく、ここサフォークの田舎に引きこもっていてもとても満足そうだ。それでもクレアは、彼を引き留める魅力なんて自分にはないと思っていた。

少なくとも、長い目で見ればそうだ。ジェスが安定した暮らしを送るには、必要なものなのに……。

「パトリックとわたしは結婚するべきだと思うの」

クレアは二匹の犬に言った。

「いいアイデアだ」

クレアは胸に手をあてて、くるりと振り向いた。驚きで口が大きく開く。「びっくりした」そしてパトリックが言ったことと、その理由に気づいて死にたくなった。「嘘でしょう、信じられない」彼女は燃えるように熱い顔を両手で隠した。

「どうしたんだ？　いいアイデアだと思うが」

顔を上げたクレアは、指の隙間からパトリックを見た。

パトリックはテーブルの向こうに座り、冷静な目でこちらを見ている。からかっている様子はなく、クレアは手を下ろした。「なんですって？」

「ぼくたちが結婚するのはいいアイデアだと言ったんだ」

「パトリック……あれは冗談だったの」クレアは必死に言い逃れようとした。

パトリックが肩をすくめた。「わかった。じゃあ、やめよう。お茶をいれてくれるか？」

いつそんな話をしたのだろう？　クレアは逃げ出したくてたまらなくなり、立ち上がった。「あの……わたし、シャワーを浴びてくるわ。お湯はわかしたから自分でどうぞ。それじゃ、また明日」

クレアは部屋を出た。胸はそれからもどきどきしていて、一時間後にパトリックが明かりを消す音が聞こえるまで落ち着かなかった。


おもしろいアイデアだ。

パトリックも思いつかなかったわけではないが、クレアが取り合わないだろうと思って口には出さなかった。

だが、どうやら彼女の頭にもあったようだ。考えれば考えるほど、彼にはいいアイデアに思えた。

そうすれば、二人が抱えるさまざまな問題はいっきに解決するだろう。少なくともクレアから三メートル以内に近づくたび、シャンプーや香水のかすかな香りを嗅いで襲われる感情には悩まされなくなる。

圧倒的でも強くもないが、そうなると感覚を刺激され、あの夜を思い出してしまうのだ――二人で過ごした数週間前の夜を。

その記憶に、パトリックはさいなまれていた。

彼は苦しいほどクレアを求めていた。毎夜ベッドに入っても、部屋を出て廊下を通り、クレアの部屋に行ってキスで説き伏せたいという思いを必死に抑えつけていた。

今もそうだ。クレアを抱き締め、触れ、彼女の中に身をうずめたい。

パトリックはため息をついた。このままでいるわけにはいかない。結婚するようクレアを説得できれば悶々(もんもん)とせずにすみ、毎夜ともに過ごして、毎朝いっしょに目覚められる。たった一度の週末があれほどすばらしかったのだから、これから先はずっとすばらしい日々が続くはずだ。

夜が明けて天井が明るくなるのを見守りながら、どうすればクレアを説得できるだろうとパトリックは考えた。彼女の言葉が冗談でなかったのはわかっている。わからないのはなぜあんなことを言ったかだ。だが事実、口にはしたのだから頭の中にはあるに違いない。ある意味では進歩と言っていい。

パトリックはとりあえず、今は満足することにして眠りに落ちた。

パトリックのせいで、クレアは頭がおかしくなりそうだった。彼はいつも、クレアのすぐそばにいた。

きっとキッチンであんなばかなことを言った、わたしを笑っているのだ。そう思うと恥ずかしくて腹がたち、クレアは首を絞めてやりたくなった。

パトリックが低くハミングしながら書斎に入ってきて、ジュースの入った細長いグラスをクレアのそばに置いた。

パトリックは近すぎるほど近くにいた。そのせいでクレアが振り返った拍子に腕が彼の胸をかすめ、彼女の肩に衝撃が走った。

「もう少し離れてくれる？　わたしが振り向くたびにぶつかるでしょう！」

パトリックは降参するように両手を上げて下がった。「ごめん。ぼくはただきみの仕事を――」

「口出しはやめて。あなたがそのへんをうろうろしていると、集中できなくて困るの」

「わかった。出ていくよ」彼はそう言って唇を引き結んだ。そして書斎から私物を全部取り上げ、廊下を通ってダイニングルームに運んだ。

よかった、とクレアは思い、ジュースを飲み干して製図板に戻った。しかし、実際は違った。

パトリックの存在がないと、部屋は静かでものさびしかった。夜になるころには、クレアは自分の言ったことを後悔していた。それでも戻ってきてと頼むつもりはなかった。彼がいないことに慣れなくては。

パトリックが考えごとをするときに鉛筆で定規をたたく音や、椅子がかすかにきしむ音には気が散っていたでしょう？　彼がいないほうがいいのよ、とクレアは自分に言い聞かせた。

何度も何度も。

クレアが忙しいときは、パトリックが作業員の分も紅茶やコーヒーをいれていたが、彼女のところへ頻繁に持ってきてくれることはなくなった。そして、彼女の仕事にも興味を示さなくなった。

納屋の図面を見せてもらえず、内装の細かいデザインに意見を求められなくなると、クレアは悲しくなった。

彼のアイデアのほうがわたしのより優れているのは当然だ。昔からずっとしていることなのだから。

わたしの仕事はその場所の雰囲気を決める、細かい仕上げが専門だけれど、パトリックはその場所自体を造っている。

だから技術も違うし、求められるものも違う。

そして、パトリックはもうわたしを求めていないようだ。

そんな長くむなしい一週間が終わった金曜日の夜、クレアが階下に行くと、パトリックが二匹の犬を連れて納屋から戻ってきた。日中、家から作業を眺めていたクレアは、パトリックが作業員といっしょに働いている姿に、なぜか仲間はずれにされているような気がした。

納屋はわたしのものじゃなくなった、と何度言い聞かせても、自分がのけ者に思えてしかたなかった。犬もそこに行っていたし、暑すぎるのでジェスとは長くいっしょにいられなかった。猫さえ生け垣の陰で涼しい夜を待ちながら鳥を眺めていて、クレアにも彼女の悩みにも関心を示そうとしなかった。

やっとパトリックは戻ってきたけれど、彼はいつもどおり自分の部屋に入ってしまうだろうから、話し相手にはならない。

パトリックはシンクで手を洗っていたが、タオルに手を伸ばそうとした際に顔をしかめた。

「大丈夫？」クレアは思わずそうきいてしまった。

彼がいたずらっぽく笑う。「日にあたりすぎたせいだよ。今日の午後は、しばらくシャツを着ないで足場の上にいたんだ。自業自得だな」

そうしていたのはクレアも知っていたが、パトリックが日焼けをしていたとは思わなかった。彼をあんなに見ていたのに。彼女は顔をしかめた。「シャツを脱いで、わたしに見せて」

パトリックは少しためらったものの、やわらかい青のコットンシャツを肩から揺すって落とし、クレアに背中を向けた。

「焼けているわね」クレアはそうつぶやいて、パトリックのつややかな肌を指で押した。

「ああ、そっち側もひりひりするな」パトリックは肩越しに、けだるげにほほえんだ。「日焼け止めを塗っていればよかったんだが、自分では塗れないし、塗ってくれる人もいないしね」

「何言ってるの？　言ってくれれば、わたしがしたのに」

「だが、ぼくには邪魔されたくないと言っていたじゃないか」

クレアは顔をしかめてみせた。「それでも頼まれれば塗ったわ。アフターサンジェルを塗ってあげる」

「先にシャワーを浴びてくるよ」パトリックはそう言って階上に行ってしまった。

数時間はひりひりする痛みが続くだろうけれど、ジェルを塗ればやわらぐはずだ。

クレアが犬に餌をやっていると、パトリックが戻ってきた。ジーンズのファスナーは上げているが、ボタンははずしたままだったので、そこから日に焼けたなめらかな肌と隆起する筋肉がのぞいていて、クレアは息をのんだ。

納屋での作業を始めてから引き締まったようだ、と彼女は思った。引き締まり、硬くなり、いっそう魅力が増している。

やめなさい。これから触れなければいけないのに。

クレアは救急用品を入れた戸棚からチューブを取り出し、ジェルを手に少し絞り出してパトリックの肩に塗った。パトリックが何事か毒づいて肩をすくめると、クレアは申し訳なく思った。

「ごめんなさい」手の力をゆるめ、赤くなった肌にそっとジェルをなじませた。「このへんは本当に焼けていて。ほかはそれほどでもないけれど」

「前はどうだろう？」パトリックがそう言ってゆっ

くりと振り向いた。胸や鎖骨のあたりはかすかに赤くなり、うっすらと生えた胸毛が留めていないジーンズのボタンの下に続いている。

「こっちは自分でできるでしょう」クレアはチューブを差し出し、彼から離れようとした。

パトリックはその手を取って放さなかった。それどころか自分の口に持っていき、クレアの指に唇を押しあてた。クレアはさっと顔を上げ、探るような温かい彼の目を見つめた。

チューブが床に落ちる音がした。そこから先は、キッチンに立ちつくす二人だけが世界のすべてになった。二人の腕が互いを抱き締め、唇が重なって互いを味わう。

「ジェスはどこ？」

「ベッドよ。ミルクを飲んでお風呂に入ったばかりなの」

パトリックはクレアをそっと離し、欲望に燃える目で見つめた。「ベッドに行こう」

クレアは返事ができなかった。反論はできたし、そのどれもが正しかったが、彼の率直な言葉の前では全部消えうせてしまった。

差し出されたパトリックの手に手を滑り込ませると、クレアは彼のあとから階段を上り、自分の寝室に行った。パトリックは静かにドアを閉め、彼女を抱き寄せて、顔と髪と肩に何度もキスをした。

それから無言でゆっくりと辛抱強くクレアの服を脱がせ、あらわになる肌にくまなく口づけし愛撫（あいぶ）すると、焼けつくほど熱いやさしさで彼女を奪った。そのせいで最後まで残っていた抵抗は消え、クレアは身も心もパトリックにゆだねた。

そのあと、汗で湿って乱れたシーツの上で、パトリックはクレアのほうを向いてほほえんだ。「ほら、それほど悪くなかっただろう？」

クレアは目をそらした。「二度と繰り返さないと思っていたわ。あれが間違いなのは、二人とも納得していたでしょう？」

「ぼくは間違いとは思わなかった」パトリックがそっと言った。

彼女は弱々しくため息をついた。「そうね……。でも、よくないことには変わりないわ。わたしは情事なんてしたくない」

「おかしなことに、ぼくも同感なんだ。だから考えたんだが……」パトリックが指を彼女の腕から手首に滑らせ、指にからめた。「一時的な関係じゃなく、永遠にしよう。きみが冗談で言ったのはわかっているが、結婚したっていいじゃないか。それほど突拍子もないことじゃない」

自分の耳が信じられず、クレアは彼のほうを向いた。「どうして結婚するの？」その声は震えていた。

パトリックの口元につかの間、ほほえみが浮かんだ。「ジェスのためには、いちばんだからだ。それに、ぼくたち二人の間の問題も解決できる」彼はそこで言葉を止めたが、少しぞんざいに続けた。「あとは、きみを愛してるからかな」

クレアはあっけに取られた。そのとき初めて、彼の目に真実が浮かんでいるのがわかった。「わたしを愛してる？」

パトリックがやさしく笑った。いたずらっぽいその声に、クレアの心は温かくなった。「きみの車を持っていこうとした男に向かって、両手を風車みたいに振りまわしているところを見て以来ね」

「あれはエイミーの車だわ」クレアは無意識のうちに訂正したが、胸には幸せがこみ上げていた。「あ、パトリック……本当なの？　冗談じゃないのね？」

彼の顔からほほえみが消えた。「もちろん本気だ。きみを愛してる。結婚して子どもを作って、死ぬまでここで暮らしたい。冗談で言ってるわけじゃないよ。こんなに真剣になったのは生まれて初めてだ」

クレアの目から涙があふれ出した。彼女はパトリックの胸に飛び込み、泣きながら笑った。「ああ、パトリック、わたしも愛してるわ」涙まじりの声で告げる。

「じゃあ、イエスだね？」

クレアは彼から体を離し、愛する人の顔を見つめた。「もちろんイエスよ。あなたと結婚するわ」

パトリックの目に安堵が浮かんだ。彼はまたクレアを抱き寄せてキスをした。

そのあと、二人はいっしょにキッチンに行って冷蔵庫をのぞき、あったもので手早くサラダを作って食べた。

クレアの頭の中には、答えてほしい質問が渦巻いていた――どこに住むのかとか、パトリックがジェスを養女にしたいかどうかとかが。

「わたしたち、どこに住むの？」真っ先にそうたずねたクレアを、パトリックは頭がおかしくなったのかと言わんばかりの目で見た。

「サフォークだ。きみがロンドンに来たいなら別だが。ぼくは一週間のうちの何日かは、会社に行かなくてはならない。しかしここでも仕事はできるから、きみはずっと一人ってわけじゃない」

クレアはうなずいた。「でも……納屋は？」

「きみしだいだが、二人で住んだらどうかなと思っている。ぼくは住んでみたい」

「じゃあ、このコテージはどうするの？」

パトリックは肩をすくめた。「きみは絵画教室を開きたいと言っていただろう？　それ用に使ってもいいし、賃貸として出してもいいし、ぼくたち二人の仕事部屋にしてもいい。納屋とつながる通路を造ってもいいんじゃないか？」

「ずいぶん広くなるわね！」

「そうだな。だが、仕事や来客用に使えばいいと思う。子どもたちの遊び部屋や勉強部屋にもなる」

「子どもたち？」語られる夢に圧倒され、クレアは笑った。

パトリックがにやりとする。「そうだ、大勢の子どもたちだ。ぼくはジェスを一人っ子にしたくない。それに養女にもして、ほかの子と同じ権利をあげたいんだ。どう思う？」

クレアはうなずいた。パトリックが同じことを考えていたのがうれしかった。「すてきね。設計士は通路を造るのを受け入れてくれるかしら？」クレアは彼の目を見て笑った。「もちろん、大丈夫よね。最初はステンレススチールにするって言っておいて、あとで煉瓦とオーク材で妥協すれば、なんてことないわ」

パトリックは笑いを押し殺した。立ち上がって皿をシンクに運び、ワインのボトルとグラスをテーブルから片付ける。

「ベッドに戻ろう。足りないことがまだまだある」

「睡眠をとるの？」

「それも一つだが、リストのトップにはないな」パトリックはにっこりした。

クレアは立ち上がり、こんなに幸せなのは生まれて初めてだと思いながら彼についていった。

「町に行ってくる。コピーしたい図面があるんだ。そのとき、いっしょにランチをとろう。それから、二人で指輪を買いに行こうか。それともどうせ買うなら、ロンドンのハットン・ガーデンのほうがいいかな？」

クレアは、パトリックの気が変になったかのような顔をした。「ハットン・ガーデンですって？」

「ダイヤを買うなら、そこがいちばんいいだろう？」

クレアにはそんな贅沢はとても考えられなかった。

「どうしてダイヤなの?」

「こういう場合、女性はダイヤがほしいものなんだと思っていた」

クレアはにっこりした。彼女の腕の中でジェスが体をよじる。「あなたとジェスがいれば、ほかには何もいらないわ」

「どうかな。ぼくがきちんと手順を踏まないと、母は許さないんじゃないか?」

クレアは笑った。「それは困るわね。だったら、お母さまのために小さなダイヤをお願いするわ」

彼女は戸口でパトリックにいってらっしゃいのキスをして、郵便配達員から手紙を受け取った。

「こんにちは。納屋ができてきたね」

「ええ、そうなの」クレアは思わずほほえんだ。

「ありがとう」

ドアを閉めて書斎に戻り、彼女はぼんやりと郵便物を見ていった。その中の一通が目に留まったので封を切り、一枚の紙切れを取り出す。

それは検査機関からの通知で、エイミーの子どもの父親がウィルであると知らせる鑑定結果だった。

ただし、その結果は違っていた。

内容が信じられず、クレアは紙切れを見直して一語一語をたどった。

そっけない一行の文章が、薔薇色の美しい未来をかき消していく。

〝生物学上の父親ではありません〟

きっと何かの間違いだ。そうに決まっている。

クレアは紙切れを取り落とした。生物学上の父親ではありません? ウィルがジェスの父親でないなら、パトリックはおじではなく、ジーンとジェラルドも祖父母ではない。

クレアの背筋が冷たくなった。見間違いかと思って何度通知を読み直しても、内容は変わらなかった。

〝遺伝子は一致せず、被験者の一卵性双生児の故人男性は、被験者の子どもの生物学上の父親ではありません〟

　ジェスが下ろしてというように身をよじったので、クレアは感覚を失ったまま、姪を床に置いて椅子に座った。いったいどうすればいいのだろう？　どうやってあの人たちに話す？　みんな、ジェスを愛しているのに、取り上げるなんてできない。

　パトリックには言わなければいけないけれど、どう切り出そう？　彼はわたしを愛していて、ジェスのことも愛している。だったら、知らなくてもかまわないだろうか？　鑑定結果についてはきかれていないし、何週間も話はしていないから、彼は忘れたか無視しているのかもしれない。

　パトリックが気にしないなら、打ち明けることはできる。でも気にするなら――納屋を買い取り、わたしに結婚を申し込んだのが全部ジェスのためなら、心変わりしないだろうか？

　わたしはパトリックを失うかもしれない。クレアはじっと通知を見つめた。ああ、パトリック、わたしはどうすればいいの？

　今は何もしないでおこう。クレアは通知をいちばん下の引き出しに戻し、視界からも心からも隠すと、不用紙入れにいたジェスを引っ張り出してキッチンに連れていった。

　ジェスをベビーカーに乗せ、犬を連れて散歩に行こう。考える時間ができて言うべき言葉が見つかったら、タイミングを見てパトリックにそっと打ち明けよう。

　伝えなくていいならそうしたい。それに、本当に伝える必要があるだろうか？　パトリックはジェスを心から愛しているのに、何もかも取り上げるのは残酷に思える。

もう少しで町に着くというところで、パトリックはコピーする書類を一部忘れたことに気づいた。

「まったく」彼は車をUターンさせてコテージに戻った。クレアが犬の散歩から戻っていたら、みんな家にいるはずだ。それなら暑くなる前に指輪を買いに行けて、川辺の感じのいい店でランチをとれるだろう。

私道に車を入れ、いつものように鍵のかかっていない裏口から家に入ると、コテージには誰もいなかった。クレアはまだ犬の散歩から帰っていないようだ。パトリックはダイニングルームに入り、書類の中から必要なものを捜した。

見つからずにいらだちが増したとき、仕事場所を変える前は書斎に置いていたことを思い出した。デスクの引き出しの中かもしれない。

使っていた引き出しを開けたが、書類はやはり見つからない。どこだろう？　引き出しの裏から下に落ちたのだろうか？　前にもあったからそうかもしれない。パトリックは引き出しの裏をたしかめ、下の引き出しを抜いてみた。すると、くしゃくしゃになった書類が奥にはさまっていた。

「あったぞ」書類を取り出してデスクの上でしわを伸ばしたとき、内容が目に入って彼は凍りついた。

「嘘だろう、ジェスがウィルの子じゃないなんて」

信じられずにもう一度読んだが、誤解の余地はなかった。

ジェスはぼくの姪ではなく、両親の孫でもない。両親はひどくショックを受けるだろう。パトリック自身もショックだった。ジェスを愛し、自分の子と思い、養女にしたかったのに……ウィルの子ではないという。

その事実をクレアは知っていた。

何週間も前から知っていたくせに、彼女は隠していたのだ。今どきの鑑定ならせいぜい二週間で結果が戻ってくるはずで、今は七月の終わりだ。四月には鑑定に必要なものを用意していただろうから、結果が返ってきたのは……五月か？　もちろん昨夜、結婚を申し込んだときも、ジェスを養女にする話をしたときも、クレアは知っていたのだ。

二人が結婚するべきだと独り言を言ったときも、クレアは知っていた。話していた相手は犬だったが、あれは鑑定結果を考え、ぼくを引き留めておく理由がなくなったせいだったのだ。

裏口のドアが開く音がし、二匹の犬が尻尾を振りながら入ってきてパトリックの手をなめた。待っていると、クレアがジェスを抱いて入ってきて笑みを浮かべた。

あの日だけは笑っていないことに、どうして今までぼくは気づかなかったのだろう？　パトリックは笑みを返さず、通知をデスク越しに差し出した。

彼女の顔から血の気が引く。「ああ、見つけたのね」その言葉は隠していたことを認めたも同然だった。

「書類を捜していてデスクの引き出しを見たんだ」パトリックは立ち上がった。動揺するあまり、体は震えている。「ぼくはロンドンに帰る。納屋をどうするかはまだわからないが、完成したら売るかもしれない。車はきみのものにしていいが、甘い汁が吸えるのはそこまでだ。今の受注先からの仕事はこれ以上、期待しないでくれ」

クレアの顔に次々と感情がよぎった。彼女はすがるようにパトリックを見た。「甘い汁？　今の受注先？　いったいなんの話をしているの？」その声がわななないているのを聞いて、パトリックはなんて芝居がうまいんだと思った。ベッドでも芝居をしていたのか？　そう思うと彼は傷つき、声に苦々しさがにじんだ。

「突然、きみに仕事が来るようになったのはなぜだと思っていた？　妖精のおかげだとでも？　だったらクレア、目を覚ましたほうがいいな」

クレアがあとずさりをした。その目に涙があふれる。「どういうこと？　パトリック、教えて！」

「どういうことだと？　ぼくは知らない。きみが教えてくれ。事実を知っていたのはきみだろう！」

パトリックは通知を投げつけ、クレアの脇をすり抜けると、自分の部屋に戻って服をバッグに詰めた。

裏切りに傷ついたまま、パトリックはバッグを車に積み、ドッグを呼び寄せて助手席に座らせた。それから、車で飛ぶように私道を走り出した。仕事以上の存在になっていた納屋と、わが子のように愛し始めていた子どもが遠くなっていく。

そして、想像以上に大事な存在になりつつあった女性も……。

10

パトリックは両親の家に向かった。ロンドンに戻っても、この数週間ほとんど足を踏み入れなかった、空っぽのアパートメントが待っているだけだからだ。その階下にある会社は週末で無人なので、心の痛みをまぎらしてくれるような人は誰もいなかった。

パトリックは、ジェスの父親がウィルではなかったとできるだけ穏やかに両親に打ち明けた。

「知っていたわ」母は当然だと言わんばかりだった。「もう何週間も前からね」

「クレアに聞いたのか？」彼が驚いてたずねると、母は無言で首を振った。

「いいえ、聞くまでもなかったわ。学校で習った生物学を思い出せばわかることよ。あの子はクレアやエイミーみたいな金髪でしょう？　うちの家族はどちらも昔から髪は黒っぽいの。金髪の子が生まれるには、両親が潜性遺伝子を持っていないといけないのよ。それに、ジェスはうちの一族のどんな赤ちゃんにも似ていなかったわ」

パトリックはわけがわからず、母を見つめた。

「でも……母さんは何度もジェスに会いに来て、ウィルの子みたいに大事にしていたじゃないか」

「そりゃそうよ。難しいことでもなんでもないわ。あなたがクレアといっしょに、あの子を育てていたんだもの」

「それは過去の話だ」パトリックは喉が詰まった。「一度は育てようと思ったが、もう違う」

母は顔を心配そうに曇らせ、息子に手を差し伸べた。「まあ、何を言うの？　何があったの？」そして探るようにじっとこちらを見たので、パトリックはぐっと息をのんで目をそらした。

「クレアは教えてくれなかったんだ。鑑定の結果が出ていたのに、ぼくに隠していた。なのに昨日の夜、ぼくはプロポーズしたんだ」口調は軽かったが、声はかすれていた。「なんてばかだったんだろうな。彼女にとっては金づるでしかなかったのに」

「パトリック、信じられないわ。クレアはいつ教えてくれたの？」

「クレアからは何も聞いていない。ぼくが通知を見つけたんだ」

「なるほどな」父が考え込むようにうなずいた。

「で、あなたがその事実を突きつけたら、クレアはなんて言ってたの？」母が、いたずらした六歳児に話しかけるように辛抱強くきいた。「どうして隠していたのか、理由を教えてくれた？」

パトリックはじっと母を見つめた。「理由はきかなかった」

「ただ家を飛び出してきたのね……。犬と荷物を車に積み込んで」

「ああ」

「そう」

パトリックはため息をつき、髪をかき上げた。

「母さん、こんなこと言うまでもないよ。クレアはわざと隠したんだ。話し合う必要なんかない。それに、子どもに諭すみたいな話し方はやめてくれ。ぼくは苦しんでいるんだから」

言葉を切ってパトリックは立ち上がり、窓辺に行って大きく空気を吸い込んだが、気持ちは楽にならなかった。庭がぼやけ、目をきつく閉じる。

そばにドッグがいるのが心強かった。パトリックは目を開け、何も見ないようにして外に向かった。

「ドッグを散歩させてくる」こうすれば、両親はめちゃくちゃになってしまった息子の人生について、好きなだけ話し合えるだろう。


パトリックは家の裏の森を何時間も歩きまわったあげく、暑さと喉の渇きで疲れきって帰宅した。

母は息子を見るなり、氷水とお手製のジンジャーブレッドを渡して座らせた。パトリックは、ケーキがクレアのほどおいしくないとしか思わなかった。母のジンジャーブレッドは大好きなのに、なぜそんなばかなことを考えたのだろう?

母はテーブルの向かいに紅茶のカップを手にして座ってから、氷水の入ったグラスを息子の前に押しやった。パトリックが飲み干すと、母がもう一杯ついだのでまた飲み干す。すると、ようやく人心地がついた。「ごめん。さっきは悪かった。突っかかるつもりはなかったんだ。ぼくのためを思って言ってくれたのはわかっている」

「動揺していたのはわかっているわ。わからないのは、なぜあんな感じのいい女性をお金目当てだと思い込んだのかね」

パトリックは頭がおかしくなった人を見る目で母を見た。「どうして？　わかりきっているじゃないか！　ぼくがあげたものを見ればいい——車、冷蔵庫、芝刈り機、それに納屋を買った金もある」

「でも、それはあなたが言い出したことでしょう。とくに、芝刈り機はクレアがほしがったわけじゃないんだから、事実を曲げるのはやめて。クレアが通知のことを黙っていた理由がなんであれ、あなたを心から愛しているのはたしかだわ」

彼は激しく首を振った。「いや、違う。クレアはぼくを利用していただけだ。とんでもない女優だよ。数週間前の夜中、犬を相手にぼくと結婚するべきだと独り言を言ったのを、たまたま聞いたんだ。犬に話しかけていると思ったが、もしかしたらぼくが階段を下りる音を聞きつけて、わざと言ったのかもしれない。きっとぼくをたきつけたんだ。真実を知られたら、甘い汁を吸えなくなるとわかっていたから。ぼくは何週間も、DNA鑑定の結果を確認しようとしなかった。忘れていたせいだが、クレアはきっとこれで安心だと思ったに違いない」

母は絶望したように首を振った。「あなたの言っていることは筋が通らないわ。わたしはクレアという女性を知っているけれど、あなたが彼女のことを話しているとはとても思えない」

「クレアは通知を隠していた！」

「あなたのところにコピーは届いたの？」

パトリックは母を見つめた。「えっ？」

「鑑定結果のコピーは、あなたのところにも届くはずでしょう？　どうして届いていないの？」

パトリックは肩をすくめた。「クレアが邪魔したからかな？」

「そんなことってありうる？　どちらが先にポストを見るの？」

「どちらでもない。でもクレアが先に見たなら、隠

「パトリック、写真ってなんのこと？」

彼はため息をついて目を閉じた。この口調には聞き覚えがある。さっきと同じ口調だ。だが、今度は逃げられない。母はだてに小学校の校長をしていたわけではないのだ。「ウィルとエイミーの写真だ。ウィルが撮ったんだよ。二人でいっしょのときに」

「見たいわ」

「だめだ。あれは……」パトリックは目を閉じた。

「プライベートな写真だから」

「不愉快になるものなの？」

パトリックは首を振った。「いや、不愉快にはならない。趣味のいい写真だ。なかには美しいのもある。でも……生々しいんだ」

「パトリック、わたしは大人よ。驚いたりしないから見せてちょうだい。わたしの息子が死ぬ直前に撮った写真なのよ」

彼は後悔しつつ、ゆっくりと首を振った。「どちらとも言えないな」


すことはできるはずだ」

「まだ届いていないのかもね」

パトリックは顔をしかめた。「でも、必要なものは何週間も前に渡してある。病院に行きさえすれば、二週間で結果は戻ってくるはずなんだ。五月には結果を知っていたはずなんだよ」

「しばらく放っておいたんじゃないかしら。クレアはなんていうか……ちょっと忙しすぎるところがあるから」

もちろん、その可能性はある。しかし、パトリックは信じなかった。もしそうだとしたら、ぼくは自分で思っているよりずっとばかだということになる。

パトリックは首を振った。「違うよ。全部金のための芝居だ。あの写真がなかったら――」

「写真？」

パトリックははっとして母を見て、低く毒づいた。

「なんでもない」

らにしろ無理だ。クレアが持っているから」

「それなら、今度遊びに行ったときに見せてほしいってクレアに頼むわ」

パトリックはさっと顔を上げて母を凝視した。

「遊びに行く？　ありえないだろう」

「ありえるわ。あなただって同じよ。わたしはクレアやジェスと縁を切るつもりはないわ。あなたはクレアと話さなきゃ。彼女の言い分を聞くべきよ。愛してるならね」

パトリックは胸が苦しくなった。「もちろん愛してる。だからこんなにつらいんだ」

「それならクレアと話し合いなさい。今すぐ」

彼は首を振った。「それは無理だ。時間がほしい。しっかり考える時間が」

「真実がわかれば、もっと楽に考えられるはずだ」父が背後から力づけるように息子の肩に手を置いた。「クレアに会って、よく話し合うんだ。プライドにこだわっていたら大きなものを失ってしまうぞ」


納屋はひんやりとしていて、淡い明かりが気持ちを落ち着けてくれた。クレアは主寝室になるはずの部屋のベッドを置く場所に座り、見るともなく谷のほうを見た。

体の中が空っぽになったみたいだ。パトリックはあっけなく出ていってしまった。ジェスがウィルの子どもではないという理由で。

彼が去って、収入の道も絶たれた。納屋の改装が終わったら、見知らぬ人に売却されるだろう。そうしたら、わたしはすべてを失うはめになる。

最悪なのは、なぜなのかわからないことだ。昨夜、パトリックが言ったように、本当にわたしを愛しているならそんなことはしないから、きっとすべてはジェスのためだったのだ。でもベッドにいるとき、そんな感じはしなかった。あれはジェスのためではなく、彼が自分のためにしているのでもなかった。愛があるなら、わたしを愛していて結婚したいなら、ジェスがウィルの子どもでなくても何も変わらなかったはずだ。

ところがパトリックにとっては、話し合いも説明もせずに出ていくほど大きな意味を持っていた。しかも意地が悪かった。甘い汁ってなんのことだったのだろう？　パトリックがわたしや家のためにお金を使おうとするたび、わたしは反対して、ジェスを養いたいという彼の言葉にも耳を貸さず、自立していくために働こうとしたのに。

クレアはため息をつき、涙をこらえて唾をのみ込んだ。

最近の仕事が全部、パトリックの口利きだとは気づかなかった。調べるべきだったのに、忙しくて筋道立てて考えられず、あやしいとも思わなかった。

クレアは作業途中の内装やドーム型の高い天井を見まわした。ここはきっとすばらしくなる。そして、どこかの家族が暮らすのだ。

わたし自身がジェスやパトリック、猫と二匹の犬、そのうち生まれる子どもたちといっしょに暮らすことはない。子どもなんか生まれないからだ。少なくともパトリックとの間には望めないし、ほかの男性の子どもも考えられない。誰かと親しくなることなんて想像できない。

「クレア？」

振り向いたクレアは、心臓が喉元までせり上がったかと思った。薄れゆく光の中で、はしごの上にパトリックの頭と肩が見えたのだ。

「ぼくも座っていいかな？」

クレアは胸をどきどきさせながら肩をすくめた。

「ここはあなたの納屋でしょう」

パトリックははしごを上りきり、空っぽの納屋に足音を響かせて彼女のそばに来た。そこで立ち止まると、すぐそばに腰を下ろし、片方の膝を引き寄せて両手をその上で組んだ。

　しばらくパトリックは何も言わず、座ったまま谷を眺めていた。やがて話し出した声は抑制がきいていて、感情がなかった。「きみと話し合いたい」

「通知のことを？」

「それ以外にもいろいろ」

「話すことなんかあるかしら？　愛してくれてると思っていたけれど、あなたはそうじゃなかった。あなたはわたしをお金目当てだと思っていて、わたしはその事実を受け入れられないでいるの」

「どうして教えてくれなかったんだ？」

　クレアは困惑と怒りにかられ、パトリックのほうを振り向いた。「教えるって？　わたしが財産狙いじゃないってことを？」

「通知のことだ。鑑定結果だよ。ジェスがウィルの子どもじゃなかった事実だ」

　クレアは驚いた。「言うチャンスなんかなかったわ！」

　パトリックは笑ったが、そこにおかしみはなかった。「やめてくれ。何週間もあったじゃないか」

「いいえ、なかった。通知は今日、届いたばかりだったの」

　彼がクレアの顔を見つめた。「今日？　結果が戻ってくるまで三カ月もかかったのか？　信じられないな」

　彼女は顔を赤くして目をそらした。「ジェスを病院に連れていくのを、ずっと延ばしていたの。なぜか……結果は関係ないように思えて」

「そういえばジェスはどこだ？」

　クレアは、今もジェスを心配するパトリックに不思議な安堵を覚えた。「寝ているわ。ペッパーがいっしょにいる。起きて泣き出したらペッパーが吠えるわ」

パトリックはうなずき、顔をしかめた。「つまり……昨日、きみは知らなかったんだな？　ゆうべ、ぼくが……」その顎がこわばった。「ジェスを養女にする話をしたときも」

「ええ、もちろん！　あなたが町から戻ってきたら、話そうと思っていたの。どう切り出せばいいかわからなかったけれど」怒りが消え、クレアの声がやわらいだ。「あなたがジェスを愛してるのは知っていたし、ご両親にとっても大事な存在になりつつあったから、あの子を取り上げたくなかった。通知を隠したのは考える時間を作るためだったけれど、間違っていたわね。すぐにあなたの携帯電話に連絡すればよかったんだわ。でもどう言えばいいのか、どうやってあなたからあの子を奪えばいいのか思いつかなかったの。あなたとウィルの最後の絆を」

頬にこぼれた涙を、クレアは憤慨したように手でぬぐった。

「パトリック、ごめんなさい。なんの関係もないのに、あなたを引っ張り回したりして。エイミーから話を聞いて、あの写真を見たときは、間違いないと思ったの。ウィルが父親だという証拠に思えたし、あなたも納得していて鑑定のことは何も言わなかったから」

「忘れていたんだ。すっかりジェスをウィルの子だと思っていた。やがてあの子は……ぼくたちの子にもなった」

クレアはゆっくりとうなずき、涙をこらえるように目を閉じた。「そうね」

「ジェスが誰の子なのか、心あたりはあるのか？」

彼女は首を振った。「ないわ。エイミーの私物を見ればヒントがあるかもしれないけれど、知りたくないの。同じことを繰り返すのは耐えられない」

「捜してくれとは言うつもりはないが、ジェスが大きくなったら知りたがるかもしれない。あの子には知る権利がある」

クレアはうなずいた。「調べてみるわ。エイミーは日記をつけていたの。個人的な内容だから、読む気にならなかったけれど」

「わかるよ。ウィルが亡くなったとき、ぼくも同じ思いをした」パトリックは顔をそむけた。「クレア……本当にすまない。今朝のぼくは、とても許されないことを言った。どれも言いがかりだった。きみが犬と戻ってきたときは、きみがあの通知を何週間も隠して、ぼくにプロポーズするよう仕向けたと思い込んでいたんだ」

「やっぱり出ていくつもりなの？」クレアは張り裂けそうな胸を押さえ、あえて落ち着いた口調で言った。「わたしとは別れたい？」

パトリックはクレアのほうに向き直った。その目は苦しげだった。「きみがいてほしいと言うなら、出ていかない。もし通知のことを教えてくれていたら、出ていこうとは思わなかったよ。つらかったのはジェスと血のつながりがないことじゃなく、真実が隠されていたほうだ。きみが嘘をついたと思って耐えられなかった。通知が届いたときにぼくがその場にいたら、関係ないと言っただろう。きみを愛してることは変わらない。ジェスはいわば、うれしいおまけだよ。愛してるのはきみで、いっしょにいたいのもきみだ。ぼくを許してくれるなら、だが」

クレアは、もちろん許すと言いたかった。なのに、言えなかった。

「あなたのせいで、わたしはひどく傷ついたわ」クレアは手で唇を押さえ、嗚咽をこらえた。「あなたの言ったことも、わたしをあんなふうに思っていたことも信じられなかった。とても受け入れられなくて――」

言葉を切ったクレアは、はじかれたように立ち上がると、はしごに駆け寄って下り、パトリックから逃げるように家に駆け込んだ。ドアを閉めて鍵をかけたいと思ったけれど、いつものように鍵はなく、見つけることもできなかった。

「クレア？」

パトリックはドアを押し開けて中に入り、クレアを抱き締めて胸に引き寄せた。

「本当にぼくがばかだったよ。すまない」

「そのとおりよ」クレアはこぶしで彼の胸をたたいた。「どうしてあんなふうに思ったの？」

「わからない。だから、わけがわからなくなったんだ」

「正気に戻ったのはなぜ？」クレアはパトリックの胸を押しやって離れ、シンクのそばに立って、くれなずむ谷を見つめた。

「母だよ。母に、ぼくのところにも通知のコピーが来たのかと問いただされたんだ。当然だが、コピーは来ていなかった。ぼくはきみが隠したと思ったが、母からぼくの考えはおかしい、きみがぼくを愛しているのはたしかだと言われたんだ。実際、母が正しかった」

「お母さまに感謝ね。少なくともあなたの家族のうち、一人には良識があったんだわ。なのに、自分では釣り合わないと考えていたなんてね。ジェスが、あなたと血のつながりがなくて感謝するべきなのかもしれない。これから死ぬまであの子を見るたびに、あなたを思い出さなくてすむもの」

つかの間沈黙があり、ドアが開く音がして、パトリックがドッグを呼ぶために指を鳴らす音が聞こえた。「クレア、きみにはすまないと、愛しているしか言えない。もし気が変わったら……連絡先は知っているね？」

ドアが静かに閉まり、ペッパーがクレアの手に鼻を押しつけた。見下ろすと、犬は悲しげにこちらを見上げていた。

「ペッパー、ありがとう」クレアは崩れ落ちるようにしゃがみ込むと、ペッパーの毛に顔を押しつけて号泣した。

日記にはすべてが書かれていた。エイミーはウィルと過ごした日についてくわしすぎるほど詳細に書き留め、最後に〝彼を愛してる〟という言葉で締めくくっていた。

エイミーが翌日電話をすると、パトリックは日本に出張中だと言われたらしい。妊娠がわかったのは、その数日後だった。

〝パトリックの子だといいけれど、そうは思えない。あの一度以外はとても慎重だったから。それに、日にちが合わないもの。だったら、パーティにいた誰かに違いない。ああ、赤ちゃんなんて、いったいどうすればいいの？〟

ウィルと過ごした週末の数週前、エイミーはパーティに行ったと日記に書いていた。これですべてが合致する。クレアはページを繰って、エイミーの最後の文章を読んだ。そこにはパトリックと会ったあとの、つらい心境が書かれていた。

〝わたしが誰だかわからないようだ。彼は電車代と言って、お金をくれた。とんでもない額だけど、借金を返せるほどじゃない。とても親切でも、彼は同じ人とは思えなかった。どこか欠けているところがあって、わたしが愛した人とは別人に感じる。会ってみてよかったけど、赤ちゃんが彼の子じゃないのはわかってる。ジェスの父親が誰なのかはわからない。でもその人には感謝してる。この子を授かったのは、人生でいちばんすてきな出来事だったから。面倒を見られないのは本当につらいけど、クレアがなんとかしてくれると思う。なんでもわたしより上手にこなすもの。クレア、この子はあなたといっしょだから安心よね？　あなたがこれを読んでる今、わたしはもうこの世にいない。今までありがとう。愛してる。そして、ごめんなさい”

それで終わりだった。最後の文章は、エイミーが亡くなった日の日付だ。

涙はかれはてたと思っていた。クレアは日記を閉じ、胸に抱き締めた。そしてエイミーのベッドに横たわると、悲しみを癒やすために涙を流した。夜明けの光が天井に差し始めたとき、クレアは眠りに落ちていた。

電話の音で、クレアは目覚めた。つんざくような音が眠気と悲しみのもやを貫く。彼女はあわてて立ち上がり、階下の書斎に駆け込んで電話を取った。

「もしもし?」

「クレア? ジーン・キャメロンよ。朝早くごめんなさい。パトリックが事故にあって、イプスウィッチ病院にいるわ。来られる? ときどき意識が戻るんだけど、あなたに会いたいと言ってて」

クレアは血の気が引くのを感じた。「パトリックは大丈夫なんですか? 事故って?」

「まだわからないわ。一時間前に、生け垣に車が突っ込んでいるのを発見されたの。頭に怪我をして肋骨が折れているんだけど、頭の怪我がどの程度なのかまだ判断できないらしくて」

「すぐ行きます。パトリックに、わたしが行くって伝えてください。それから――」クレアは言葉を切った。「愛してるって」

「自分で伝えなさい。運転には気をつけてね。ああ、ドッグは無事だったわ」

クレアは髪をとかし、ジェスをベッドから抱き上げておむつを替え、冷蔵庫から哺乳瓶を取り出した。「ペッパーは家にいて」しかし、飼い犬は異常事態を嗅ぎつけたのか、家にいようとしなかったので、いっしょ連れていくことにした。

クレアはゆっくり運転しようとしたが、どうしても速度を抑えられなかった。車を駐車場に入れ、病院のエントランスにいちばん近いところに停める。メーターに入れるお金が必要なのにハンドバッグを忘れたため、チョコレートの包み紙の裏にメモを書いてフロントガラスにはさみ、ジェスをチャイルドシートから抱き上げた。

「ペッパーはここにいて」そう言うと、クレアはぐずるジェスを抱っこし、エントランスに向かって駆け出した。「パトリック・キャメロンを捜しています。ここに運び込まれたって――」

「クレア」さっと振り向いたら、パトリックの父が手を差し出していた。「こっちだ。わたしが案内するよ」

二人は廊下を抜けて、突きあたりの病室に入った。そこに、たくさんの機器につながれたパトリックがいた。彼の母がかたわらにいて息子の手を握り、低い声で話しかけていた。

顔を上げたジーンの目に涙があふれた。「クレア……無事に着いてよかった。ジェスを貸して。ほら、おばあちゃんのところにいらっしゃい」

おばあちゃん。ああ、どうしよう。

「パトリック？　パトリック、クレアよ。起きて。話をして」

まぶたが震えながら開き、パトリックはつかの間ぼんやりとクレアを見ていたが、やがてほほえみを浮かべた。そのかすかな変化は笑顔というよりしかめっ面に近かったものの、彼女にはじゅうぶんだった。「来てくれたんだな」かすれたその声を聞いて、クレアの目には涙が浮かんだ。

「もちろんよ。愛してるわ」

「ぼくもだ。頭が痛い」

「考えようとするからよ。得意じゃないのに。あなたはばかよ。考えごとはわたしに任せればいいの」

パトリックの笑顔が少し大きくなった。「そうだな。だったら、いっしょにいてほしい」

「ずっといっしょにいるわ」

二人の目が合った。目に理解の色を浮かべて、パトリックがため息をつき、すっと目を閉じる。

クレアは怖くなって、ベッドの向こうにいた看護師を見た。「まさか、パトリックは――」

「眠っただけです。大丈夫ですよ。CTスキャンをしましたけど、問題はありませんでした。頭をひどく打って脳震盪を起こしたのみなので、よくなりますよ。これから数時間は様子を見ますが、一日か二日で退院できるでしょう」

クレアは倒れるように座り込んだ。気がつくとパトリックの手をぎゅっと握っていて、放そうとしてもほどけなかった。パトリックも同じくらい強く彼女の手を握っていたのだ。

その手を口元に持っていってキスをすると、少し力が弱まったものの、離れることはなかった。クレアは彼の腕を抱え込み、手に頬をのせて目を閉じた。

「じゃあ、エイミーは、ぼくがウィルじゃないと感じ取っていたのか」パトリックは日記を置いて枕にもたれた。ようやく真実を知ってほっとしていた。

「うれしいよ。ウィルがいい印象を与えていたことも、彼女がウィルを愛してくれたことも、ぼくを責めなかったことも。今は彼女をそんなに悪く思えない」

「でもジェスの父親が誰かはわからないままだし、見つける方法もないわ」

パトリックがクレアの手を取った。「関係ない。ジェスには父と母がいて、いずれは弟や妹ができる。うちの親が見抜いていたのは言ったかな？」

クレアは首を振った。「いいえ。どうしてわかったの？」

「髪の色だ。うちの一族はみんな黒っぽい髪なんだ。それに、一族の誰にも似ていなかった。だが、二人とも気にしてないみたいで、ジェスのことを心から愛してる。きみのこともね」

「あなたは？」

「ぼくのことも愛してくれているよ」

クレアがやさしく肩をパンチしたので、パトリックが顔をしかめた。「気をつけてくれ。あざがあるんだからね」

「ふざけないで」

パトリックはにっこりした。「もちろん、ぼくもきみを心から愛してる。わかっているだろう。証明するからこっちにおいで」

「あなたは怪我人よ。事故からまだ二日しかたってないのに」

「もうよくなったよ。だから、どれくらいよくなったかたしかめたいんだ。おいで」

パトリックは手を伸ばしてクレアを引き寄せたが、キスだけでとどめた。それ以上力のいることはできないが、体はめきめき回復している。あと一日かそこらで、全快するんじゃないか？

「ジェスが目を覚ましたわ」

「そうだな。声が聞こえる。連れてきてくれ」

クレアがジェスを連れてきた。そして小さな積み木で遊ばせている間、パトリックのベッドに入った。彼は自分の幸運が信じられなかった。

ドッグは階下のキッチンでペッパーといっしょに丸くなり、ぼくはクレアとジェスといて、事故にあったにもかかわらず生きて元気でいる。

パトリックは首を回し、クレアの目を探るように見た。「一つきいていいかな？　もしぼくが事故にあわなくても、会いに来てくれたか？」

クレアはゆっくりうなずいた。「ええ。気持ちが落ち着いてしまうと、ばかげた喧嘩（けんか）だったと気づいたの。でも条件があるわ。二度と急いで結論に飛びつかないこと。わたしと話し合って、言ったことを信じてほしいの」

パトリックは気持ちがこみ上げるのを感じながらうなずいた。「すまない。ぼくはそうするのが苦手だが、努力するよ。二度ときみを疑わない」

「疑うことはあるわ、人間だから。それはわたしも同じ。ただ、自制心を失う前に話し合ってほしいの」

パトリックはにっこりした。「わかった。さあ、ジェスのおむつを替えようか」

「あなたは調子がよさそうだから、任せるわ」

パトリックはため息をついて頭を振ったものの、起き上がって肩を回し、ベッドからジェスを抱き上げた。「おいで、おむつを替えよう」

ジェスが耳をつかんでパトリックにキスをした。キスはべちゃべちゃしていたものの、パトリックの胸は愛情でいっぱいになった。ぼくはもう少しでこの子を――すべてを失うところだった。

ばかなまねをしたが、もう繰り返すつもりはない。おむつを替えると、パトリックはジェスを階下のキッチンに連れていった。外からは金づちとのこぎりの音が聞こえる。作業員たちが彼の夢を形にするために、納屋で働いているのだ。体が元に戻ったら、すぐにぼくも監督に戻ろう。あれはクレアの夢でもあり、二人の家でもある。そんな大事なものを、他人任せにはできない。

パトリックはあの新しい家と、クレアとジェスの面倒を見るつもりでいた。夢はあっという間に人の手をすり抜けてしまう。しかし、この夢だけは死ぬまで絶対に手放さないぞ、とパトリックは誓っていた……。

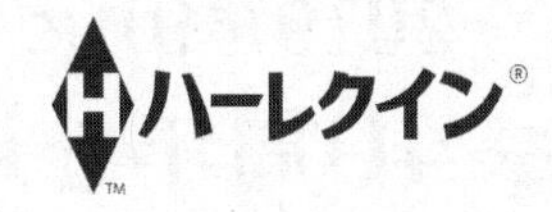

迷子の天使の縁結び
2019年7月20日発行

著　者	キャロライン・アンダーソン
訳　者	仁嶋いずる（にしま　いずる）
発 行 人	フランク・フォーリー
発 行 所	株式会社ハーパーコリンズ・ジャパン 東京都千代田区外神田 3-16-8 電話 03-5295-8091（営業） 0570-008091（読者ｻｰﾋﾞｽ係）
印刷・製本	大日本印刷株式会社 東京都新宿区市谷加賀町 1-1-1
編集協力	株式会社風日舎

ISBN978-4-596-22571-9 C0297

ハーレクインは
2019年9月に
40周年を迎えます。

7/20刊

『スター作家傑作選
～涙雨が
やんだら～』
（HPA-4）

※表紙デザインは変更になる場合があります

シャロン・サラ
「初恋を取り戻して」
初版：W-17

ローリー・フォスター
「セクシーな隣人」
初版：Z-26

キム・ローレンス
「シークと乙女」
初版：Z-21

キャロル・モーティマー
「伯爵との消えない初恋」
初版：Z-27

今月のハーレクイン文庫 おすすめ作品のご案内

7月1日刊

「愛を知らなかった花嫁」
インディア・グレイ

権力者との結婚を強いられ、レイチェルは挙式直前に逃げだした。惹かれていた貴族オーランドのもとに身を寄せるが、やがて彼が失明しかけていると知る。

（初版：R-2450）

「夢一夜」
シャーロット・ラム

フィアンセに婚約解消を言い渡され、絶望を隠して、パーティで微笑むナターシャ。敏腕経営者ジョーに甘い愛を囁かれて一夜を過ごすが、妊娠してしまい…。

（初版：I-76）

「地上より永遠へ」
シャロン・サラ

こんなにも誰かを愛しいと思ったのは、生まれて初めてだった。それなのに不治の病に冒されたアニーには、彼との至福の時間は、もうあまり残されていない。

（初版：HP-10）

「純白のジェニー」
イヴォンヌ・ウィタル

恋人を亡くし、悲しみにくれるジェニファーは、ある裕福な老婦人の付き添い人をすることになる。だが婦人の息子ハンターからいわれのない敵意をむけられる。

（初版：R-577）

＊文庫コーナーでお求めください。店頭に無い場合は、書店にてご注文ください。